The Story of Doctor Dolittle

# 둘리틀 박사 이야기

· 컬러판 ·

휴 로프팅 | 장석봉 옮김

The Story of Doctor Dolittle

HUGH LOFTING

궁리
KungRee

## 일러두기

1 · 이 책은 『The Story of Doctor Dolittle』(F. A. Stokes Company, 1920)을 우리말로 옮기고, 본문 그림에 색을 입힌 것입니다.

2 · 이 책을 읽다가 범포 왕자와 그의 고향 아프리카 사람들을 묘사하는 일부 대목에서 불편함을 느낄 독자들도 있을 것입니다. 이 책을 만든 저희도 그런 불편함을 똑같이 느꼈으며, 영미권의 다른 출판사들처럼 그런 대목을 빼고 출판하는 것도 고려해 보았습니다.

하지만 이 책은 1920년에 씌어졌습니다. 아무리 뛰어나고 훌륭한 사람이라도 자신이 살아가는 시대적 환경에서 완전히 자유로울 수는 없는 법입니다. 그 시대를 뛰어넘어 사랑받는 작품이라면 아마도 그런 결점을 뛰어넘을 무언가가 있기 때문이겠지요. 그래서 저희는 그런 대목을 마음대로 솎아내기보다는 그대로 두기로 결정했습니다.

이 책이 처음 발표되었던 시절의 독자들과는 달리 우리는 학교 교육과 독서, 뉴스 등 여러 매체를 통해 그런 묘사가 올바르지 않음을 배웠습니다. 이 책을 쓴 휴 로프팅이 살던 시절보다 우리가 사는 세상이 조금 더 나은 방향으로 변하였기 때문이겠지요.

이 책을

이 세상 모든 어린이들과

동심을 간직한 어른들에게 바친다.

# 차례

습지 옆 퍼들비라는 작은 마을

1장

# 퍼들비

옛날 옛적에 우리 할아버지들이 어린아이였을 때, 한 박사가 살고 있었다. 그의 이름은 둘리틀… 의학박사 존 둘리틀이었다. '의학박사'라는 말에서 알 수 있듯이 그는 자격을 갖춘 의사이자 오만 가지 것을 다 알고 있는 사람이었다.

박사는 습지 옆 퍼들비라는 작은 마을에 살았다. 이 마을 사람들은 아이도 노인도, 모두 다 그의 얼굴을 알고 있었다. 그가 긴 신사 모자를 쓰고 거리에 나서면 모두들 이렇게 말하곤 했다. "저기 박사님이 가신다! 정말 똑똑한 분이셔!" 개도 아이도 죄다 뛰어와 박사 뒤를 졸졸 따라다녔다. 심지어는 교회탑에 사는 까마귀들까지도 까악까악거리며 그에게 인사했다.

마을 끄트머리에 있는 박사의 집은 작았지만 정원은 아주 컸고

넓은 잔디밭에는 돌의자들이 놓여 있었으며 수양버들도 자라고 있었다. 집안일은 여동생인 세라 둘리틀이 했지만 정원을 가꾸는 일은 박사가 직접 했다.

박사는 동물을 무척이나 좋아했기 때문에 온갖 애완동물을 길렀다. 정원 구석 연못에 있는 금붕어 말고도 주방 창고에는 토끼를, 피아노에는 흰쥐를, 벽장에는 다람쥐를, 지하실에는 고슴도치를 길렀다. 그리고 암소 한 마리와 송아지 한 마리, 늙어서 다리를 저는 스물다섯 살 난 말 한 마리, 닭과 비둘기들, 새끼 양 두 마리, 그 밖에도 여러 동물이 있었다. 하지만 그가 가장 좋아하는 애완동물은 오리 대브대브, 개 지프, 아기 돼지 거브거브, 앵무새 폴리네시아, 그리고 올빼미 투투였다.

박사의 여동생은 녀석들이 집을 엉망으로 만들어 놓는다며 투덜댔다. 한번은 류머티즘을 앓고 있는 할머니 한 분이 진찰을 받으러 왔다가, 소파에서 잠자고 있던 고슴도치 위에 앉고는 두 번 다시 오지 않은 일도 있었다. 할머니는 토요일마다 마차를 타고 15킬로미터나 떨어진 옥슨소롭이라는 곳에 가 다른 의사에게 진찰을 받았다.

여동생이 박사에게 와서 말했다.

"오빠, 이따위 동물들을 기르는 집에 환자들이 진찰 받으러 오고 싶겠어요? 응접실에 고슴도치들하고 쥐들이 가득한데 누가 오빠를 제대로 된 의사로 보겠어요? 얘들이 쫓아낸 환자만 벌써 네 명째라고요. 대지주 젠킨스 씨도, 목사님도 이젠 오빠네 집 근처

할머니는 박사를 두 번 다시 찾아오지 않았다.

에 얼씬도 하지 않겠다고 말했어요. 암만 아프더라도 말이에요. 우리 점점 쪼들리고 있잖아요. 이렇게 오빠 멋대로 하다간, 최고의 고객들 중 누구도 오빠를 의사로 보지 않을 거예요."

"난 그 '최고의 고객'보다 동물이 더 좋은걸." 박사가 말했다.

여동생은 "정말 못 봐주겠어"라고 말하고 방을 나가 버렸다.

그래서 시간이 지날수록 동물은 더 늘어만 갔고, 그에 따라 진찰을 받으러 오는 사람은 점점 줄어만 갔다. 그러다 결국 손님이라고는 단 한 명만 남았다. 동물 먹이를 파는 남자였는데, 어떤 동물이든 꺼리지 않는 남자였다. 하지만 그는 부자도 아니었고, 병이라고는 일 년에 한 번밖에 걸리지 않는 사람이었다. 크리스마스 때면 찾아와 6펜스를 주고 약 한 병을 받아 가는 게 다였다.

아주 오래전 옛날이라고는 하지만, 그래도 일 년에 6펜스로는 생활하기가 힘들었다. 저금통에 모아 둔 돈이 없었다면 박사에게 무슨 일이 벌어졌을지 아무도 알 수 없었다.

그런데도 동물은 계속 늘어만 갔다. 물론 녀석들을 먹이는 데 드는 돈도 엄청났다. 모아 둔 돈도 점점 바닥을 보이고 있었다.

피아노가 팔려 나갔고, 쥐는 사는 곳을 책상 서랍으로 옮겨야 했다. 하지만 피아노를 판 돈도 다 떨어지는 바람에 일요일에 입는 갈색 양복까지 팔아야 할 정도로 박사는 점점 곤궁해져 갔다.

사람들은 이제 거리에서 긴 모자를 쓴 박사를 보면 이렇게 수군거렸다. "저기 존 둘리틀 박사님이 가시네. 전에는 여기서 최고로 유명한 의사였는데, 봐 봐. 지금은 빈털터리가 되었다지. 구멍

난 양말을 그냥 신고 다닐 정도라구!"

하지만 개와 고양이와 아이들은 거리에서 박사님을 보면 여전히 달려와 따라다녔다. 녀석들만큼은 박사가 부자였을 때랑 똑같았다.

# 동물의 말

어느 날 배가 아파 진찰을 받기 위해 찾아온 동물 먹이 장수가 선생과 부엌에서 이야기를 하고 있었다.

“사람들을 치료하는 의사는 그만두시고 이제 수의사가 되는 건 어때요?” 동물 먹이 장수가 물었다.

앵무새 폴리네시아는 비 내리는 바깥 풍경을 보며 창가에 앉아 뱃사람 노래를 부르고 있었다. 폴리네시아는 노래를 멈추고 그들의 이야기에 귀를 기울이기 시작했다.

동물 먹이 장수가 말을 이어 갔다. “박사님은 동물에 대해 모르는 게 없잖아요. 이 근방에 박사님보다 동물들을 잘 진찰하는 수의사가 또 있습니까? 박사님이 쓰신 고양이 책은 정말이지 너무 멋졌어요! 저는 읽을 줄도 쓸 줄도 모르지만, 아마 그랬다면 저도 책을 썼겠죠. 아무튼 제 아내 시오도시아가 학자인데요. 제게 그 책을 읽어 줬답니다. 정말 멋졌어요. 빠진 게 하나도 없었죠. 대단했어요. 어쩌면 박사님이 진짜 고양이일지도 모른다는 생각이 들 정도였어요. 박사님은 고양이들이 어떻게 생각하는지 아시죠? 제 말 들어 보세요. 동물들을 치료하면 떼돈을 버실 수 있어요. 제가 말이죠, 아픈 고양이나 아픈 개가 있는 할망구들을 박사님께 보내 드릴게요. 개들이 병에 걸리지 않으면 제가 파는 고기에 뭔가를 섞어서 아프게 만들 수도 있고요."

"말도 안 돼, 절대 안 됩니다. 옳은 일이 아니에요." 박사가 황급히 말했다.

남자가 대답했다. "저런, 진짜 아프게 한다는 게 아닙니다. 그냥 축 늘어져 보이게 만든다는 거예요. 물론 박사님 말대로 녀석들에게는 공정하지 않을 수도 있죠. 하지만 개들은 어쨌든 병에 걸리게 되어 있어요. 노친네들이 먹을 걸 주구장창 너무 많이 주거든요. 그리고 여기 근방 농부치고 발을 저는 말이나 비실비실한 양이 없는 농부는 없어요. 그 사람들이 올 겁니다. 수의사가 되세요."

동물 먹이 장수가 돌아가자 창가에 있던 앵무새가 날아와 박사의 탁자에 앉아 말했다.

"저 남자 말, 일리 있어. 그렇게 해. 수의사가 되라구. 멍청한 인간들은 이제 그만 상대하고. 머리가 제대로 달렸다면 당신이 세계 최고의 의사라는 걸 알았어야 해. 인간 대신 이제 동물들을 돌보라고. 동물들은 금방 알아볼 거야. 수의사가 되라고."

"이런, 차고 넘치는 게 수의사잖아." 박사는 화분을 창가에 내놓으면서 말했다. 밖은 아직 비가 내리고 있었다.

폴리네시아가 말했다. "맞아. 쌔고 쌨지. 근데 제대로 된 수의사는 한 명도 없어. 내가 하는 말 잘 들어. 동물들도 말할 수 있다는 건 알아?"

"앵무새가 말을 할 수 있다는 건 알지." 박사가 말했다.

"우리 앵무새들은 두 가지 말을 할 수 있어. 사람들이 쓰는 말하고 새들이 쓰는 말." 폴리네시아가 자랑스럽게 이야기했다. "내가 '폴리는 크래커를 먹고 싶어 해'라고 말하면 알아듣겠지. 근데 이 말은? 카-카 오이-이 피이-피이?"

"뭐야 그건! 그게 무슨 말이야?" 박사가 큰 소리로 말했다.

"'죽이 아직도 뜨겁니?'란 뜻이야. 새들이 하는 말로."

"이런! 넌 그렇게 말하지 않잖아! 전에는 나한테 한 번도 그런 식으로 말하지 않았잖아." 박사가 말했다.

"그래서 뭐하게?" 폴리네시아가 왼쪽 날개에 붙은 크래커 부스러기를 털어 내며 말했다. "그렇게 말했으면 알아듣기나 했겠어?"

"더 말해 줄 수 있니?" 앵무새의 말에 푹 빠진 박사는 부리나케 책상으로 달려가 서랍에서 수첩과 연필을 꺼내 왔다. "너무 빨리 말고… 내가 적을 테니까. 재밌군, 정말 재밌어… 처음 듣는 말인걸. 먼저 새들 말로 A, B, C가 뭔지 말해 볼래? 천천히."

박사는 동물들도 자기들만의 말이 있어 서로 이야기를 한다는 걸 이렇게 해서 알게 되었다. 그날 저녁 내내 밖에 비가 내리는 가운데, 폴리네시아는 부엌 탁자에 앉아 박사가 수첩에 받아 적을 수 있도록 새들의 말을 가르쳐 주었다.

차를 마시는 시간에 개 지프가 안으로 들어오자 앵무새가 선생에게 말했다. "저기, 재가 당신에게 말하고 있어."

"내 눈에는 녀석이 귀를 긁고 있는 거밖에 안 보이는데." 박사가 말했다.

"동물들은 입으로만 말하는 게 아니거든." 앵무새의 목소리가 높아지며 눈썹이 올라갔다. "동물들은 귀로도, 발로도, 꼬리로도 말한다고. 모든 걸로. 소리를 내고 싶지 않을 때도 있으니까. 지금 지프가 코 한쪽을 실룩거리고 있는 거 보여?"

"그게 무슨 뜻인데?" 박사가 물었다.

"그건 '비가 그친 걸 모르니?'란 말이야." 폴리네시아가 대답했다. "지프는 지금 물어보고 있는 거야. 개들은 물어볼 때 거의 늘 코를 써."

며칠이 지나자 박사는 앵무새의 도움으로 동물들이 하는 말을 죄다 알아들을 수 있게 되었고, 직접 말을 할 수도 있게 되었다. 이제 그는 사람들의 의사 노릇을 완전히 그만두었다.

동물 먹이 장수가 나서서 존 둘리틀이 수의사가 되었다고 떠벌리고 다니자마자, 케이크를 너무 많이 먹은 퍼그와 푸들을 데리고 노부인들이 선생을 찾아오기 시작했다. 그리고 농부들도 먼 길을 마다하지 않고 아픈 소와 양을 데리고 박사를 찾아왔다.

어느 날 쟁기를 끄는 말 한 마리가 주인과 함께 박사에게 왔다. 그 불쌍한 말은 자기들이 하는 말을 알아듣는 사람을 보고는 몹시도 기뻐했다.

"저쪽 언덕 너머에 있는 수의사는 쥐뿔도 아는 게 없어요. 관절염이라면서 벌써 6주나 날 치료했는데… 내게 필요한 건 안경이라구요. 한쪽 눈이 멀어 가고 있어요. 말은 왜 안경을 쓰면 안 되죠? 사람만 쓰라는 법 있나요? 그런데 언덕 너머 그 멍청한 의사는 내 눈은 보지도 않고 커다란 알약만 주는 거예요. 말해 보려고 했죠. 하지만 그 사람은 우리 말들이 하는 말을 한마디도 알아듣지 못했어요. 안경만 있으면 되는데."

"물론이지, 알았어. 지금 당장 만들어 주지." 박사가 말했다.

"박사님 것하고 똑같은 걸로요. 색깔은 초록색이어야 해요. 6만 평이나 되는 밭을 가는 동안 햇빛으로부터 제 눈을 보호할 수 있게요." 말이 말했다.

"알았어. 초록색 안경으로 만들어 줄게." 박사가 말했다.

밖으로 나가도록 박사가 문을 열어 주자 쟁기질하는 말이 말했다. "박사님, 문제는 아무나 자기가 동물을 진찰할 수 있다고 생각한다는 거예요. 동물들이 불평을 못 한다는 이유만으로요. 사실 좋은 동물 의사가 되는 건 좋은 사람 의사가 되는 것보다 몇백 배 더 힘든 일인데 말이에요. 제 주인의 아들 녀석은 자기가 말에 대해서 모르는 게 하나도 없다고 생각해요. 선생님이 그 녀석을 한

번 봤어야 하는데 말이죠. 얼굴에 어찌나 뒤룩뒤룩 살이 쪘는지 눈이 안 보일 정도고, 뇌는 감자벌레만 할 거예요. 녀석이 지난주 내내 제게 겨자연고만 발라 주려 했어요."

"어디다 발라 줬지?" 박사가 물었다.

"음, 내 몸 전체에다요. 아무 데나 막이요. 아무짝에도 쓸모가 없었어요. 시도만 했어요. 내가 발로 차서 오리 연못에 처박아 버렸거든요." 말이 말했다.

"저런, 저런!" 박사가 말했다.

"그래도 전 꽤 점잖은 동물이에요. 사람들을 잘 참아요. 호들갑 떠는 일도 없고요. 하지만 나한테 잘못된 약을 주는 건 참을 수 없어요. 얼굴 빨간 그 멍청이가 날 가지고 노는 건 더 이상 참을 수 없었다구요." 말이 말했다.

"그 애 많이 다쳤니?" 박사가 물었다.

"아니요. 내가 워낙 잘 차서 말이죠. 녀석은 지금 수의사가 치료하고 있어요. 그런데 내 안경은 언제쯤 되나요?"

"다음 주까지 준비해 둘게. 화요일에 다시 오렴. 안녕!"

둘리틀 박사는 크고 좋은 안경 하나를 구해 주었다. 쟁기질하는 말의 한쪽 눈은 더 이상 나빠지지 않았고 전처럼 잘 볼 수 있게 되었다.

이제 퍼들비 인근 시골에서 안경을 낀 농장 동물들을 보는 건 어렵지 않은 일이 되었다. 눈이 보이지 않는 말도 더 이상은 나오지 않았다.

말은 전처럼 잘 보게 되었다.

박사를 찾아온 다른 동물들도 모두 마찬가지였다. 박사가 자기들 말을 한다는 걸 알게 된 동물들이 어디가 어떻게 아픈지 말해 준 덕분에 치료는 쉬운 일이 되었다.

이제 집으로 돌아간 동물들은 모두 형제와 친구들에게 큰 정원이 딸린 작은 집에 진짜 의사가 살고 있다는 말을 해 주었다. 아픈 동물은 누구든 마을 끄트머리에 있는 박사의 집으로 찾아왔다. 말이나 소나 개뿐만이 아니었다. 들쥐, 물쥐, 오소리, 박쥐 등 들판에 사는 작은 짐승들도 아프면 즉시 박사를 보러 왔기 때문에 그의 넓은 정원은 늘 동물들로 북적였다.

어찌나 많은 동물이 찾아오는지 박사는 종류별로 다른 출입구를 만들어야 했다. 정문 앞에는 '말', 옆문에는 '소', 부엌문에는 '양'이라고 써서 붙였다. 심지어는 쥐들을 위해 지하실로 통하는 작은 굴도 만들었는데, 그곳에서 쥐들은 박사가 보러 올 때까지 줄을 서서 얌전히 기다렸다.

그렇게 몇 년이 지나자 점점 먼 곳의 동물들까지도 의학박사 존 둘리틀에 대해 알게 되었다. 겨울이 되어 다른 나라로 날아간 새들은 그곳 동물들에게 습지 옆 퍼들비 마을에 훌륭한 의사가 사는데 그 사람이 동물의 말을 할 수 있어 아픈 데를 치료해 줄 수 있다고 말해 주었다. 이렇게 박사는 전 세계의 동물들 사이에서 유명해졌다. 박사가 사는 지역의 사람들 사이에서 유명했던 것보다 훨씬 더. 덕분에 박사는 만족스럽고 행복한 생활을 하게 되었다.

박사가 책을 쓰느라 바빴던 어느 날 오후, 폴리네시아는 늘 그렇듯 창가에 앉아 정원에 잎이 날리는 걸 보고 있었다. 그러다 갑자기 큰 소리로 웃었다.

"폴리네시아, 무슨 일이야?" 박사가 책에서 눈을 떼고 물었다.

앵무새는 "그냥 생각하고 있었어"라고만 말한 다음 계속해서 잎들을 바라봤다.

"무슨 생각?"

"사람들 생각. 사람들이 날 아프게 해. 사람들은 자기들만 대단한 줄 알아. 세상이 시작된 지 천 년도 넘었겠지? 그런데도 사람들이 알아듣는 동물 말이라는 건 고작 개가 꼬리를 흔들면 '기분이 좋다'는 것뿐이야. 웃기지 않아? 우리처럼 말하는 건 당신이 처음이야. 사람들은 가끔 날 끔찍이도 화나게 해. 사람들이 '말 못하는 동물'이라고들 하잖아. 말을 못한다고? 맙소사! 난 '안녕'이라는 말을 입도 벌리지 않고 일곱 가지 언어로 말하는 금강앵무를 본 적이 있어. 그 친구는 온갖 언어를 다 할 수 있었어. 심지어 그리스어까지. 은빛 수염이 난 한 노교수가 그 친구를 샀지. 하지만 함께 살지 못했어. 그 친구 말로는 그 노인네는 그리스어를 제대로 할 줄 몰랐대. 그래서 잘못된 말을 가르쳐 주는 걸 도저히 참을 수 없었다고 해. 그 친구가 뭘 하고 있을지 가끔 궁금해. 그 친구는 웬만한 인간보다 지리를 훨씬 더 잘 알고 있었거든. 아무튼 인간이란. 젠장! 만약 인간이 나는 법을 알았다면, 종다리처럼 말이야, 그러면 또 얼마나 끝없이 잘난 척을 했을까."

"넌 정말 현명한 새로구나." 박사가 말했다. "그런데 넌 실제로

아픈 동물은 누구든 마을 끄트머리에 있는 박사의 집으로 찾아왔다.

몇 살이니? 내가 알기로는 앵무새랑 코끼리는 아주 오래 산다고 하던데."

"정확히 몇 살인지는 모르겠어. 183살, 아님 182살. 하지만 아프리카에서 여기로 처음 왔을 때, 찰스 왕이 떡갈나무 구멍에 숨어 있던 건 알아. 내가 그 왕을 봤거든. 죽을까 봐 겁에 질려 있었어." 폴리네시아가 말했다.

3장

# 다시 가난해진 둘리틀 박사

그리고 곧 둘리틀 박사는 다시 돈을 벌기 시작했다. 새 드레스를 산 누이동생 세라도 기뻐했다. 박사를 찾아온 동물 중에는 박사의 집에 일주일 내내 머물러야 할 정도로 병이 심한 경우도 있었다. 그러다 병이 호전되면 잔디밭에 있는 의자에 앉아 있곤 했다.

심지어는 건강을 되찾은 후에도 떠나기를 싫어했다. 그들은 박사와 박사의 집을 너무너무 좋아했다. 머물고 싶다고 했을 때 박사가 거절한 적은 한 번도 없었다. 박사가 기르는 동물들의 수는 날이 갈수록 늘어만 갔다.

어느 날 저녁 박사가 정원 담벼락에 앉아 파이프 담배를 피우고 있을 때 한 이탈리아 떠돌이 손풍금 악사가 목에 줄을 맨 원숭이 한 마리를 데리고 찾아왔다. 원숭이는 목줄이 아주 꽉 묶여 있

동물들은 잔디밭에 있는 의자에 앉아 있곤 했다.

는 데다 모습도 꾀죄죄한 것이 척 봐도 불쌍해 보였다. 그래서 박사는 그 이탈리아 악사에게 1실링을 주고는 원숭이를 두고 여기서 꺼지라고 말했다. 악사는 원숭이는 자기가 길러야 한다며 노발대발했다. 하지만 박사는 꺼지지 않으면 코뼈를 부러뜨려 버리겠다고 말했다. 존 둘리틀 박사는 키는 그다지 크지 않았지만 힘은 아주 센 사람이었다. 악사는 욕을 퍼부으며 떠났고, 원숭이는 둘리틀 박사와 함께 집에서 행복하게 살게 되었다. 박사 집의 다른 동물들은 녀석을 '치치'라고 불렀는데, 이 이름은 원숭이들 말로 '생강'이라는 뜻이다.

한번은 퍼들비에 서커스단이 온 적이 있었는데, 그때 치통을 심하게 앓던 악어 한 마리가 밤에 서커스단을 탈출해 박사의 정원에 들어왔다. 박사는 악어 말로 말을 건 다음 녀석을 집 안으로 데리고 와 이빨을 치료해 주었다. 그런데 악어가 보기에 집이 정말 좋아 보였다. 동물마다 자기 맘에 드는 곳이 다 따로 있는 법이니까. 아무튼 녀석도 박사와 함께 살고 싶어 했다. 녀석은 물고기를 잡아먹지 않겠다고 약속하면 정원의 물고기 연못에서 잠을 잘 수 있게 해 주겠냐고 물었다. 서커스단 단원들이 찾아와 악어를 데려가려 했지만 녀석이 어찌나 사납게 굴었는지 모두들 겁을 잔뜩 집어먹고 돌아가 버렸다. 하지만 녀석은 집에 있는 다른 동물들에게는 새끼 고양이처럼 얌전하게 굴었다.

그런데 악어 때문에 겁을 먹은 노부인들은 애완 개들을 둘리틀 박사에게 데려오는 걸 꺼렸다. 게다가 농부들도 양이나 송아지를 치료하려고 데려왔다가 오히려 악어에게 잡아먹힐지도 모른다고 생각하기 시작했다. 그래서 박사는 악어에게 이제 서커스단으로 돌아가 달라고 말했다. 하지만 녀석은 커다란 눈물을 뚝뚝 흘리며 제발 머물 수 있게 해 달라 간청했고, 마음 약해진 박사는 이번에도 돌려보내지 못했다.

참다못한 박사의 여동생이 말했다. "오빠, 악어를 쫓아내야 해요. 농부들과 노부인들 모두 오빠한테 동물들을 보내는 걸 무서워해요. 우린 다시 가난해지고 있어요. 폭삭 망할지도 모른다고요. 이게 마지막 기회예요. 저 악어 녀석을 내보내지 않으면 이제 집안일 같은 건 다시는 하지 않을 거예요."

"쟤는 그냥 악어가 아니야, 아주 얌전한 악어라고." 박사가 말했다.

"그걸 말이라고 해요? 침대 밑에 저 녀석이 있는 게 얼마나 끔찍한 일인지 알아요? 이제 더는 저 녀석하고 한집에 살 수 없어요." 여동생이 말했다.

"하지만 녀석이 나하고 약속했어, 아무도 물지 않겠다고 말이야. 녀석은 서커스를 좋아하지 않아. 그렇다고 나한테 녀석이 원래 살던 곳인 아프리카로 보낼 돈이 있는 것도 아니고. 남을 방해하는 것도 아니고 늘 얌전하잖아. 그렇게 까탈스럽게 굴지 마." 박사가 대답했다.

"다시 말하는데 난 절대로 녀석하고 같이 살지 않을 거예요. 녀석이 이제는 장판까지 먹는다니까. 지금 당장 내보내지 않으면, 내가 집을 나갈 거예요. 결혼이나 하겠다고요." 여동생이 소리를 질렀다.

"마음대로 하렴. 나가서 결혼이나 하려무나. 그렇다면 어쩔 수 없는 일이지." 박사는 이렇게 말하고는 모자를 눌러쓰고 정원으로 나갔다.

여동생은 정말로 짐을 싸서 나가 버렸다. 그래서 박사는 동물들과 혼자만 남게 되었다.

얼마 지나지 않아 박사는 전보다 훨씬 더 가난해졌다. 먹일 입도 많고, 집안일도 많았다. 옷에 구멍이 나도 꿰매 줄 사람 하나 없고, 동물 먹이 장수에게 갚을 돈도 더 이상 들어오지 않았다. 정말 어려운 상황에 빠졌다. 하지만 박사는 무사태평이었다.

박사는 이런 말을 입에 달고 살았다. "돈이란 건 애물단지야. 애초부터 그런 걸 만들지 않았다면 훨씬 더 속 편했을 거야. 돈이 뭐가 중요해? 마음만 편하면 되지."

하지만 동물들은 불안해지기 시작했다. 어느 날 박사가 부엌 난

둘리틀 박사가 말했다. "마음대로 하렴, 나가서 결혼이나 하려무나."

어느 날 박사가 의자에 앉은 채 잠이 들어 있을 때였다.

로 앞 의자에 앉은 채로 잠이 들었을 때, 동물들이 모여 조용조용 의논을 했다. 숫자에 밝은 올빼미 투투가 지금 있는 돈으로는 앞으로 몇 주밖에 견딜 수 없다고 말했다. 하루에 한 끼만 먹는다고 해도 말이다.

그러자 앵무새가 말했다. "이제 우리가 직접 집안일을 해야 해. 할 수 있는 데까지는. 저 노친네가 홀로된 것도 그리고 가난해진 것도 따지고 보면 우리 때문이잖아."

의논 끝에 요리와 옷 수선은 원숭이 치치가, 바닥 청소는 개가, 빗자루질이랑 침대 정리는 오리가, 가계부 정리는 올빼미 투투가, 정원 가꾸기는 돼지가 맡기로 정해졌다. 그리고 집 안 정리랑 빨래는 가장 나이가 많은 앵무새 폴리네시아에게 맡기기로 했다.

그런데 막상 일을 시작해 보니 만만치가 않았다. 손이 있는 치치 말고는 아무도 사람처럼 일할 수 없었다. 하지만 곧 익숙해졌다. 개 지프가 꼬리에다 빗자루 대신 걸레를 묶고 바닥을 닦는 모습은 정말 웃겼다. 그리고 결국에는 박사가 집이 이렇게 깨끗한 건 한 번도 본 적이 없다고 감탄할 정도로 모두가 다 잘할 수 있게 되었다.

아무튼 한동안은 모든 일이 잘 돌아갔다. 하지만 돈이 없다는 건 정말 힘든 일이었다.

동물들은 정원 문 밖에 채소랑 꽃 노점을 열고 지나가는 사람들에게 무나 장미꽃 같은 것들을 팔았다.

하지만 돈은 여전히 부족했다. 그런데도 박사는 여전히 무사태

평이었다. 앵무새가 박사에게 가서 생선 장수가 더 이상 생선을 주지 않으려 한다고 말했는데도 박사는 이렇게 말할 뿐이었다.

"걱정할 것 없어. 알을 낳는 암탉하고 우유를 주는 암소만 있으면 앞으로도 오믈렛하고 디저트 먹는 데는 지장 없으니. 그리고 정원에 채소도 많잖아. 아직 겨울 오려면 멀었구. 너무 안달복달하지 말라구. 그건 세라의 주특기였잖아. 그런데 세라는 어떻게 지낼까? 좋은 아이였는데… 잘 지내겠지? 그럴 거야!"

하지만 그해에는 평소보다 눈이 일찍 내리기 시작했다. 절름발이 늙은 말이 마을 밖 숲에서 나무를 많이 가져다 놓은 덕에 부엌의 커다란 난로에 쓸 땔감은 충분했지만, 이제 정원에도 채소가 거의 남지 않았고, 그나마 남은 것들도 눈 속에 묻혀 버렸다. 동물들은 정말 배를 곯는 날이 많아졌다.

4장

# 아프리카에서 날아든 소식

그해 겨울은 정말 추웠다. 12월 어느 날, 모두들 부엌의 따뜻한 난롯가에 앉아 박사님이 동물들 말로 직접 쓴 책을 읽어 주는 것을 듣고 있는데 갑자기 올빼미 투투가 말했다. “쉿! 밖에서 무슨 소리 들리지 않아?”

모두 귀를 기울였다. 누군가가 달리는 소리가 들리는 것 같았다. 그러더니 갑자기 문이 확 열리면서 원숭이 치치가 숨을 헉헉거리며 뛰어 들어왔다.

“박사님!” 치치가 소리쳤다. “아프리카에 있는 사촌한테서 소식이 왔어요. 그런데 거기 원숭이들 사이에 무시무시한 병이 돌고 있대요. 전부 다 걸렸고 벌써 수백 마리가 죽었대요. 그곳 원숭이들도 박사님 소문을 들어 알고 있어요. 아프리카로 와서 병을 꼭 막아 주길 부탁한대요."

"소식을 누구한테 들었니?" 박사님이 안경을 벗고 책을 내려놓으면서 물었다.

"제비요." 치치가 말했다. "바깥 빗물받이 통에 앉아 있어요."

"난롯가로 데려올래?" 박사가 말했다. "그 추운 데 있다가는 죽을 수도 있어. 다른 제비들은 벌써 한 달 반 전에 남쪽으로 날아갔잖아!"

치치는 밖으로 나가 제비를 데리고 들어왔다. 제비는 몸을 웅크린 채 바들바들 떨고 있었다. 처음에는 겁을 먹은 것 같았지만 몸이 좀 풀리자 난로 선반 구석에 앉아 말을 하기 시작했다.

제비가 말을 마치자 박사님은 이렇게 말했다.

"아프리카라면 나도 대환영이야. 이런 추위라면 더더욱… 하지만 표 살 돈이 있을지 모르겠는걸. 치치, 저금통 좀 가져다줄래?"

치치가 찬장 위로 올라가 선반에서 저금통을 집어 왔다.

그런데 아무것도 없었다. 정말이지 단 1페니도 없었다.

"2펜스쯤은 있을 거라고 생각했는데…" 박사가 말했다.

"있기는 있었어요." 올빼미가 말했다. "그런데 저기 새끼 오소리가 이빨이 났을 때 박사님이 딸랑이를 사는 데 쓰셨잖아요."

"내가?" 박사가 말했다. "아이구 맙소사! 돈이란 건 정말 골치 아픈 거야. 하지만 어쩌겠니? 걱정할 것 없어. 바닷가로 나가면 아프리카로 갈 배 한 척 정도는 빌릴 수 있을 거야. 내가 뱃사람을 하나 아는데, 아이가 홍역에 걸렸을 때 그 사람이 날 찾아온 적이

"2펜스쯤은 있을 거라고 생각했는데…"

있어. 그 사람이라면 아마도 배를 빌려줄 거야. 내가 아이를 낫게 해 주었거든."

다음 날 아침 박사는 바닷가로 나갔다. 그리고 돌아와서 모든 게 다 잘되었다고 말했다. 그 뱃사람이 배를 빌려주기로 했다고 말이다.

악어랑 원숭이랑 앵무새가 무척이나 기뻐하며 노래를 부르기 시작했다. 고향으로 돌아가는 거였으니까. 진짜 고향 아프리카로 말이다. 그걸 보고 박사가 말했다.

"그런데 너희들 셋만 데려갈 수 있어. 개 지프, 오리 대브대브, 돼지 거브거브 그리고 올빼미 투투하고만. 그러니까 겨울잠쥐, 물쥐, 박쥐 같은 나머지 동물들은 고향으로 돌아간 다음, 우리가 돌아올 때까지 그곳 들판에서 지내렴. 대부분은 겨울잠을 자면 되니까 걱정할 일 없을 거야. 아프리카로 가는 게 너희들한테는 오히려 더 안 좋을 수도 있어."

전에 바다 여행을 길게 해 본 적이 있는 앵무새가 배를 탈 때 가지고 가야 할 것들이 무엇인지 박사에게 말해 주었다.

"건빵을 많이, 아주 많이 가져가야 해. 뱃사람들이 말하는 그 '맛대가리 없는 빵' 말이야. 그리고 깡통에 든 고기랑… 닻도."

"닻은 배에 이미 있을 거야." 박사가 말했다.

폴리네시아가 또 덧붙였다. "분명히 해 두어야 해. 아주아주 중요하니까. 닻이 없으면 배를 세워 둘 수 없다구. 참 종도 필요할 거야."

"그건 어디다 쓰려고?" 박사가 물었다.

앵무새가 말했다. "시간을 알아야 하니까. 30분마다 꼭 쳐야 해. 그래야 시간을 알 수 있거든. 그리고 밧줄도 아주 많이 가져가야 해. 항해할 때 꼭 필요한 거거든."

그러자 꼭 필요하다는 그런 물건들을 살 돈을 어디서 마련할지 걱정이 몰려오기 시작했다.

"이거 또 골치 아픈 그놈의 돈 문제군." 박사가 큰 소리로 짜증을 냈다. "맙소사! 그놈의 돈 따위가 필요 없는 아프리카로 가게 되어 정말 다행이야! 돌아올 때까지 외상으로 줄 수 있는지 가게에 가서 알아보고 올게. 아니지… 뱃사람한테 알아봐 달라고 부탁하는 게 낫겠어."

그래서 가게 주인은 뱃사람이 만나러 갔다. 얼마 후 뱃사람이 필요한 것을 죄다 들고 돌아왔다.

동물들은 짐을 꾸렸다. 수도전의 관이 얼지 않게 수도꼭지를 잠그고, 창문을 닫고 문단속을 한 다음, 집 열쇠는 마구간에서 사는 늙은 말한테 맡겼다. 말이 겨울을 날 수 있도록 건초를 선반 위에 올려 두는 것도 물론 잊지 않았다. 그런 다음 짐을 전부 가지고 바닷가로 가 배에 올라탔다.

동물 먹이 장수가 배웅을 나왔다. 찐 고기를 잔뜩 싸 들고 말이다. 그는 다른 나라에서는 절대로 구할 수 없을 거라며 박사님한테 선물로 주었다.

돼지 거브거브는 배에 오르자마자 침대부터 찾았다. 벌써 네 시가 지나 낮잠을 자고 싶어진 것이다. 폴리네시아가 거브거브를 데리고 계단을 내려가 선실의 침대를 보여 주었다. 침대들은 벽 쪽에 마치 책장처럼 층층이 붙어 있었다.

"뭐야 이건? 이건 침대가 아니잖아." 거브거브가 소리쳤다. "이건 선반이잖아."

앵무새가 말했다. "배에 있는 침대는 원래 다 이런 거라고. 선반 아니니까 얼른 올라가서 잠이나 자. 이게 네가 말한 침대야."

거브거브가 말했다. "잠이 싹 달아났어. 내가 너무 흥분했나 봐. 위층으로 올라가서 출발하는 거나 봐야겠어."

폴리네시아가 말했다. "마음대로 해, 이게 네 첫 번째 여행일 테니까. 아무튼 이런 생활에도 금방 익숙해질 거야." 그런 다음 폴리네시아는 선실 계단을 오르면서 이런 노래를 흥얼거렸다.

그렇게 항해가 시작되었다.

나는 흑해도, 홍해도 보았다네.

와이트 섬도 갔었다네.

황하 강도 보았다네.

밤 불빛에 빛나는 오렌지 강도 보았다네.

그린란드가 뒤로 사라지고

이제는 푸른 대양을 항해하네.

제인, 이제는 어떤 색도 싫어.

너에게 돌아가고 싶은 생각뿐.

막 여행이 시작되려는 순간, 박사님이 갑자기 뱃사람에게 되돌아가 아프리카로 가는 길을 물어봐야겠다고 했다.

그런데 마침 아프리카에 여러 번 가 본 적이 있는 제비가 박사님에게 가는 길을 설명해 주겠다고 말했다.

박사님은 치치에게 닻을 올리라고 말했고, 그렇게 항해가 시작되었다.

5장

# 기나긴 항해

그들은 한 달 반 동안이나, 배 앞에서 날아가는 제비의 안내를 받아 파도치는 바다를 헤치며 끝없이 계속해서 항해했다. 제비는 어둠 속에서도 친구들이 자기 모습을 볼 수 있도록 밤에는 작은 등을 달고 날았다. 지나가는 배에 탄 다른 사람들에게는 그 빛이 별똥별로 보였다.

남쪽으로 가면 갈수록 날씨가 점점 더 더워졌다. 하지만 폴리네시아와 치치와 악어는 그 뜨거운 태양을 오히려 즐기는 기색이었다. 그들은 큰 소리로 웃으며 돌아다니다가 뱃전으로 가 아프리카가 보이는지 살펴보았다.

하지만 돼지와 개와 올빼미 투투는 이런 날씨엔 아무것도 할 수 없었기 때문에 배 끄트머리에 있는 커다란 나무통의 그늘로

가 혀를 길게 늘어뜨리고 레모네이드나 마시며 앉아 있었다.

오리 대브대브는 바다로 뛰어들어 헤엄치며 배를 뒤따라오는 식으로 더위를 식히곤 했다. 그러다가 머리가 뜨거워지면, 배 밑으로 잠수해 들어갔다가 반대쪽으로 나왔다. 화요일과 토요일에는 이런 식으로 청어를 잡기도 했다. 그런 날은 나중을 위해 깡통에 든 고기 대신 이 생선들을 먹었다.

적도가 가까워지자 날치 몇 마리가 배 쪽으로 오는 모습이 보였다. 날치들은 이 배가 둘리틀 박사님 배냐고 앵무새에게 물었다. 앵무새가 그렇다고 하자 날치들은 아프리카 원숭이들이 혹시 박사님이 오지 않는 건 아닌지 걱정하고 있었다며 기뻐했다. 앵무새는 얼마나 더 가야 하는지 물어봤다. 날치들은 아프리카 해안까지 이제 90킬로미터쯤밖에 안 남았다고 대답했다.

그리고 한번은 쇠돌고래 떼가 파도를 타고 배로 다가오기도 했다. 쇠돌고래들도 폴리네시아에게 이 배가 그 유명한 의사 선생님의 배냐고 물었다. 그렇다고 하자 쇠돌고래들은 여행하는 동안 박사님에게 뭐 필요한 건 없냐고 물었다.

폴리네시아가 말했다. "있어. 양파가 떨어졌어."

"조금만 더 가면 섬이 있는데, 거기 야생 양파가 크게 잘 자라고 있어. 똑바로 가면 돼. 우리가 캐 가지고 뒤따라갈게." 쇠돌고래들이 말했다.

그러고는 파도를 가르며 빠르게 헤엄쳐 갔다. 그리고 얼마 지나지 않아 해초로 만든 커다란 망에 양파를 가득 담아 돌아왔다.

다음 날 저녁, 해가 질 무렵 박사님이 말했다.

"치치, 망원경 좀 가져다줄래? 이제 항해도 끝나 가는구나. 곧 아프리카 해안이 보일 것 같은데."

한 30분쯤 지나자 정말로 앞쪽에 육지 같은 게 보였다. 하지만 날이 어두워지고 있어서 장담할 수 없었다. 그때 엄청난 폭풍이 천둥 번개와 함께 불어닥쳤다. 바람이 무섭게 윙윙거렸고, 높은 파도가 배를 넘어뜨리기라도 할 기세로 뱃전을 쳤다.

갑자기 쿵 하는 소리가 났다! 배가 멈추면서 옆으로 기울었다.

"무슨 일이야?" 박사가 아래층에서 올라오며 물었다.

"잘 모르겠어." 앵무새가 말했다. "내 생각엔 배가 부서진 것 같아. 오리한테 말해서 밖에 나가 알아보게 해."

대브대브가 그 즉시 파도를 헤치고 잠수했다. 물 위로 올라온 대브대브는 배가 바위에 부딪혔다고 말했다. 배 바닥에 큰 구멍이 뚫려 배가 빠르게 가라앉고 있다고도 했다.

둘리틀 박사님이 말했다. "아프리카에 다 온 거 같군. 그런데 이제 어쩌지. 흠… 육지까지 헤엄치는 수밖에 없겠군."

하지만 치치와 거브거브는 헤엄을 칠 줄 몰랐다.

폴리네시아가 말했다. "밧줄 가져와! 필요하다고 내가 말했었지? 오리는 어디 있지? 이리 와, 대브대브. 이걸 물고 해안으로 날아가 야자나무에 묶어. 그러면 우리가 이쪽 끝을 잡고 배에 있을게. 헤엄을 못 치는 친구들은 육지까지 밧줄을 잡고 가. 이게 바로 '생명줄'이라는 거야."

"아프리카에 다 온 것 같군."

덕분에 모두 무사히 해안에 닿을 수 있었다. 헤엄을 친 동물도 있었고, 날아서 간 동물도 있었다. 박사님의 여행 가방과 짐은 밧줄을 잡고 건넌 동물들 몫이었다.

하지만 배는 아무짝에도 쓸모가 없게 되었다. 바닥에 커다란 구멍이 난 것이다. 배는 무시무시한 파도에 맞아 산산조각이 났고 파도에 밀려 사라져 갔다.

다행히 절벽 꼭대기에서 축축하지 않은 근사한 동굴을 발견해 거기서 폭풍이 지나갈 때까지 피할 수 있었다.

다음 날 아침에 해가 뜨자, 다들 모래밭으로 내려와 몸을 말렸다.

폴리네시아가 안도의 한숨을 내쉬며 말했다. "아프리카, 정말 오고 싶었어! 내가 돌아오다니. 생각해 봐. 여길 떠난 지 내일이면 100년 하고도 69년이 된다구. 그런데 정말 하나도 변하지 않았는 걸! 야자나무도, 붉은 흙도, 검은 개미도! 뭐니 뭐니 해도 고향이 최고라고!"

앵무새의 눈에 눈물이 고인 걸 모두들 알아차렸다. 앵무새는 고향 땅을 다시 본 게 정말로 기뻤다.

그런데 박사의 긴 모자가 없어졌다는 걸 알게 되었다. 폭풍 때문에 바다로 날려 간 거였다. 대브대브가 모자를 찾으러 바다로 나갔다. 대브대브의 눈에 저 멀리 물 위에 떠다니는 모자가 보였다. 마치 장난감 배처럼 떠 있는 모자가.

모자를 가지러 헤엄쳐 가 보니 모자 안에 하얀 쥐 한 마리가 겁에 질린 채 앉아 있었다.

"여기서 뭐하고 있니? 퍼들비에 남아 있으라는 말 못 들은 거야?"

쥐가 말했다. "남고 싶지 않았어. 아프리카가 어떤 곳인지 알고 싶었거든. 여기에 친척들도 있고. 그래서 건빵 넣은 짐 속에 몰래 숨어 탔어. 그런데 배가 가라앉아 얼마나 놀랐는지 몰라. 난 멀리까지는 헤엄을 칠 수 없거든. 있는 힘껏 헤엄을 쳤지만 금방 힘이 떨어지는 바람에 빠져 죽는 줄 알았어. 바로 그 순간, 옆에 박사님 모자가 떠내려온 거야. 그래서 모자에 올라탔지. 물에 빠져 죽는 건 생각도 하기 싫었거든."

오리는 쥐가 타고 있는 모자를 물어 바닷가의 박사님께 돌아왔다. 모두들 모자 주위에 모여 구경했다.

앵무새가 말했다. "이런 걸 '밀항자'라고 하는 거야."

흰 쥐가 편안하게 여행할 수 있도록 동물들이 가방 속에 자리를 마련하고 있을 때 갑자기 원숭이 치치가 말했다.

"쉿! 정글에서 발소리가 들려!"

모두들 말을 멈추고 귀를 기울였다. 그러자 곧 숲에서 흑인이 불쑥 튀어나오더니 도대체 뭘 하고 있냐고 물었다.

박사님이 대답했다. "내 이름은 존 둘리틀이오. 의학박사입니다. 병이 든 원숭이들이 치료해 달라고 부탁해서 여기 아프리카에 온 거요."

흑인이 말했다. "모두 왕에게 가야 하오."

"왕이라고요?" 박사가 물었다. 박사는 시간을 낭비하고 싶지 않

"그래서 모자에 올라탔지. 물에 빠져 죽는 건 생각도 하기 싫었거든."

왔다.

남자가 대답했다. "졸리깅키 왕이시오. 여기 땅은 전부 그분의 소유요. 낯선 자들은 그 누구든 반드시 그분께 가야 한다오. 따라들 오시오."

그래서 모두 짐을 챙겨 들고 그 흑인을 따라 숲속으로 들어갔다.

6장

# 폴리네시아와 왕

앞이 안 보일 정도로 빽빽한 숲을 헤치며 조금 들어가자 넓은 공터가 나왔다. 그곳에는 진흙으로 지은 왕궁이 있었다.

왕, 에르민트루데 왕비 그리고 아들인 범포 왕자가 사는 곳이었다. 왕자는 연어 낚시를 하러 강에 가고 없었다. 하지만 왕과 왕비는 궁전 문 앞에 펴 놓은 양산 아래 앉아 있었다. 에르민트루데 왕비는 잠이 들어 있었다.

왕은 궁에 들어온 박사에게 무슨 일로 왔냐고 물었다. 박사님은 자신이 왜 아프리카에 왔는지를 설명했다.

왕이 말했다. "너희들은 내 땅을 지나갈 수 없어. 오래전에 백인 놈 하나가 우리 해안에 온 적이 있었지. 난 녀석을 아주 친절하게 대해 주었지. 그런데 녀석은 땅에 구덩이를 파 금을 캐고, 상아를

왕비 에르민트루데는 잠이 들어 있었다.

갖겠다며 코끼리를 모조리 죽였어. 그러고는 몰래 배를 타고 도망쳤어. 고맙다는 말도 없이 말이야. 이제 백인은 그 누구도 결코 나 졸리깅키의 땅을 밟고 지나갈 수 없어."

그리고 왕은 근처에 서 있던 흑인들에게 말했다. "이 의사를 끌고 가. 동물들도 몽땅. 제일 튼튼한 감옥에 처넣어."

흑인 여섯 명이 박사와 동물들을 끌고 가 돌로 된 감옥에 가뒀다. 창이라고는 작은 것 하나밖에 없었는데 그마저도 아주 높은 곳에 있었고, 창살로 막혀 있었다. 문은 단단하고 두꺼웠다.

걱정이 점점 커져 갔다. 급기야 돼지 거브거브가 울음을 터뜨리기까지 했다. 하지만 듣기 싫은 소리를 멈추지 않으면 엉덩이를 걷어차겠다는 치치의 말을 듣자 조용해졌다.

"모두 다 있는 거지?" 어둠에 좀 익숙해지고 나자 박사님이 물었다.

"예, 아마도요." 오리가 그렇게 대답한 다음 머릿수를 세기 시작했다.

그때 악어가 물었다. "폴리네시아는 어딨지? 여기 없는걸."

박사가 말했다. "확실해? 다시 찾아 봐. 폴리네시아! 폴리네시아! 어디 있니?"

악어가 투덜거리며 말했다. "내 생각에는 도망친 것 같아요. 앵무새가 그러면 그렇죠! 몰래 정글로 가 버린 거예요. 친구들이 다 이렇게 고생하고 있는데 말이에요."

그때 박사의 양복 주머니에서 앵무새가 불쑥 튀어나왔다. "난 그런 새가 아니라구. 알다시피 나는 몸이 작아서 창살 사이로 빠져나갈 수 있다구. 놈들이 날 감옥 대신 새장에 가둘까 봐 걱정했던 거야. 그래서 왕이 수다 떠느라 정신없을 때 박사 주머니 안에 숨은 거라고. 그 덕에 여기 이렇게 있잖아! 이런 걸 '모략'이라고 하는 거야." 앵무새는 부리로 깃털을 정리하며 말했다.

박사가 소리쳤다. "맙소사. 운 좋은 줄 알라고. 내가 널 깔고 앉지 않은 걸."

폴리네시아가 말했다. "잘 들어. 밤에 깜깜해지면 말이야, 난 창살 사이로 몰래 빠져나가 궁전으로 날아가려고 해. 그런 다음… 너희들도 그러고 싶을 테고… 되도록 빨리 왕이 우리를 감옥에서 풀어주게 만들 방법을 찾아낼 거야."

"네가 뭘 할 수 있는데?" 거브거브가 주둥이를 흔들며 말하더니 다시 울기 시작했다. "조그만 새 주제에!"

앵무새는 이렇게 말했다. "맞아, 새일 뿐이지. 하지만 내가 인간처럼 말할 수 있다는 걸 잊지 말라구. 게다가 난 이자들이 어떤 사람들인지 잘 알아."

그날 밤, 달빛이 야자나무 위를 밝게 비추고 왕의 부하들이 모두 잠이 들자, 앵무새는 감옥 창살 사이로 빠져나가 왕궁으로 날아갔다. 마침 지난주에 주방 창고 유리창 하나가 테니스 공에 맞아 깨져 있었다. 그 덕분에 폴리네시아는 그 구멍을 통해 안으로 들어갈 수 있었다.

왕궁으로 돌아온 범포 왕자가 침실에서 코를 고는 소리가 들렸

"누구야?"

다. 앵무새는 위층에 있는 왕의 침실까지 살그머니 날아갔다. 그런 다음 조심스럽게 문을 열고 안으로 들어갔다.

왕비는 그날 밤 춤을 추러 친척 집에 가고 없었다. 하지만 왕은 침대에서 세상모르고 자고 있었다.

폴리네시아는 살며시, 아주 살며시 침대 밑으로 숨어들었다.

그런 다음 기침 소리를 냈다. 둘리틀 박사랑 똑같이. 폴리네시아는 뭐든 다 흉내 낼 수 있었다.

왕이 눈을 뜨고 졸린 듯이 물었다. "당신이오, 에르민트루데?" (춤추러 간 왕비가 돌아왔다고 생각한 거였다.)

앵무새는 다시 기침 소리를 냈다. 아주 크게, 사람처럼. 그러자 왕이 눈을 번쩍 뜨고 일어나 앉으며 말했다. "누구야?"

"의사 둘리틀입니다." 앵무새는 마치 박사님처럼 말했다.

그러자 왕이 물었다. "내 방에서 뭘 하는 거지? 감히 탈옥을 하다니! 어디 있는 거야? 보이질 않잖아."

하지만 앵무새는 그저 웃기만 했다. 재미있다는 듯이 박사 흉내를 내며 오랫동안 웃었다.

"그만 웃고 당장 내 앞으로 나와, 내가 볼 수 있게." 왕이 말했다.

폴리네시아는 이렇게 대답했다. "어리석은 왕이시로군. 내가 의학박사 존 둘리틀이라고 말한 걸 잊었소? 세계에서 가장 놀라운 사람이란 걸 말이오. 맞소. 당신은 나를 볼 수 없소. 내가 할 수 없는 일은 아무것도 없소. 들어 보시오. 오늘 내가 여기 온 건 경고를 하기 위해서요. 이 나라를 지나갈 수 있도록 나와 내 동물을 풀어 주지 않으면 난 당신과 당신의 모든 백성을 병들게 할 거요. 원숭이들처럼. 난 사람들을 낫게도 할 수 있지만, 병들게도 할 수 있소. 새끼손가락 한 번 까딱하는 걸로 말이오. 지금 당장 병사들을 보내 감옥 문을 열게 하시오. 안 그러면 졸리깅키 언덕에 아침 해가 뜨기도 전에 몸이 퉁퉁 붓는 병에 걸릴 거요."

그러자 왕은 겁에 질려서 부들부들 떨기 시작했다.

"의사 선생, 당신이 뭘 원하는지 알겠소. 그러니 제발 새끼손가락은 까딱하지 마시오!" 왕이 외쳤다. 그런 다음 침대에서 뛰어내려 병사에게 달려가 감옥 문을 열어 주라고 말했다.

폴리네시아는 왕이 자리를 뜨자마자 몰래 아래층으로 날아가 주방 창고에 난 창문을 통해 왕궁을 빠져나왔다.

그런데 마침 왕비가 열쇠로 뒷문을 열고 들어오다가 앵무새가 깨진 창문을 통해 밖으로 나가는 모습을 보고 말았다. 왕이 침실로 돌아오자 왕비는 자신이 본 걸 말해 주었다.

자신이 속았다는 걸 알게 된 왕은 불같이 화를 냈다. 그러고는 부리나케 감옥으로 달려갔다.

하지만 이미 늦었고 문은 열려 있었다. 감옥은 텅 빈 상태였다. 박사와 동물 모두 이미 도망친 다음이었다.

# 원숭이 다리

에르민트루데 왕비는 남편이 그날 밤처럼 무섭게 화가 나 있는 모습을 본 적이 없었다. 왕은 치솟는 분노로 이를 부득부득 갈았다. 아무에게나 바보라고 욕을 해 댔다. 고양이한테 칫솔을 던지기까지 했다. 잠옷 차림으로 마구 돌아다니며 병사들을 전부 깨워서 박사를 잡아 오라고 정글로 보냈다. 신하들도 죄다 내보냈다. 요리사, 정원사, 이발사, 왕자의 가정교사까지도. 꽉 끼는 구두를 신고 춤추느라 녹초가 된 왕비까지 병사들의 수색을 돕는 일에 나서야 했다.

이 무렵 박사와 동물들은 숲을 가로질러 원숭이들의 나라를 향해 있는 힘껏 달려가고 있었다.

다리가 짧은 거브거브는 금방 지치고 말았다. 그래서 박사가 직접 업고 가야 했다. 여행 가방에다 짐도 함께 들고 가야 했기 때문에 정말로 힘들었다.

졸리깅키 왕은 박사가 낯선 땅이라 길을 모를 것이기 때문에 쉽게 따라잡을 수 있을 거라고 생각했다. 하지만 잘못 생각한 거였다. 왜냐하면 원숭이 치치는 정글의 길을 훤히 꿰고 있었기 때문이다. 왕의 부하들보다 훨씬 더 말이다. 치치는 박사와 박사의 동물들을 가장 울창한 숲으로 데려갔다. 그곳은 지금까지 아무도 가 본 적이 없는 곳이었다. 그런 다음 높은 바위들 사이에 난 구멍 안에 숨게 했다.

치치가 말했다. "병사들이 자러 돌아갈 때까지 여기서 기다리는 게 나을 거예요. 그런 다음 원숭이들의 나라로 가면 돼요."

그래서 밤새 그곳에 숨어 있었다. 정글 가까운 곳에서 부하들이 수색하며 떠드는 소리가 이따금 들려오기도 했다. 하지만 꽤 안전했다. 그들이 숨은 곳은 치치 말고는 아무도 알지 못했다. 심지어 다른 원숭이들조차 그곳은 알지 못했다.

마침내 우거진 수풀 사이로 아침 햇살이 비치기 시작했을 때, 에르민트루데 왕비가 더 이상 찾아 봤자 소용없다고 피곤에 찌든 목소리로 말하는 게 들려왔다. 왕비는 돌아가서 잠이나 자자고 했다.

곧 병사들이 모두 집으로 돌아갔고, 치치는 박사와 동물들을 숨었던 곳에서 나오게 한 다음 원숭이들의 나라를 향해 출발했다.

정말로 멀고 먼 길이었다. 그들은 녹초가 되었다. 거브거브는 특히 더했다. 너무 지쳐서 울 때면 녀석이 아주 좋아하는 코코넛 즙을 주었다.

먹고 마실 건 지천으로 널려 있었다. 정글에서 어떤 과일과 채소가 자라는지, 그리고 어딜 가면 그것들을 찾을 수 있는지를 치치와 폴리네시아가 아주 잘 알고 있었다. 대추야자, 무화과, 땅콩, 생강, 참마. 그들은 야생 오렌지에다 나무 구멍에 있는 벌집에서 빼낸 꿀을 넣어 달콤한 주스를 만들어 먹기도 했다. 치치와 폴리네시아는 무엇을 주문하건 척척 구해 주었다. 딱 맞는 게 없으면 비슷한 거라도 말이다. 어떤 날은 박사를 위해 담배도 구해 줬는데, 마침 박사가 집에서 가져온 담배가 다 떨어져 몹시 피우고 싶어 하던 참이었다.

밤에는 야자 잎으로 만든 천막 안에 마른 풀을 두껍고 폭신하게 깐 다음 그 위에서 잤다. 얼마 지나지 않아 그들은 먼 길을 걷는 데도 익숙해져서 피곤함도 덜 느꼈고, 여행이 아주 즐거워지기까지 했다.

그래도 밤이 되어 여행을 멈추고 쉬는 일은 여전히 반가운 일이었다. 박사는 나뭇가지들을 모아 모닥불을 피웠다. 그들은 저녁을 먹은 다음 그곳에 동그랗게 모여 앉아 폴리네시아가 불러 주는 바다 노래나 치치가 들려주는 정글 이야기를 들었다.

치치가 해 주는 이야기 중에는 재미있는 것이 많았다. 둘리틀 박사가 원숭이들을 위해 역사책을 써 주기 전까지 원숭이들에게는 역사책이라는 것이 없었지만, 그래도 원숭이들은 아이들에게 들려주는 이야기 방식으로 전해져 온 것들을 모두 기억하고 있었다. 그 덕분에 치치도 할머니가 들려준 이야기들을 많이 해 줄 수 있었다. 아주 먼 먼 옛날 노아의 홍수보다 더 오래된 이야기들 말이다. 사람들이 곰 가죽으로 된 옷을 입고 바위 구멍에서 살며 양고기를 날것으로 먹던 시절 이야기도… 그때는 불을 피우는 법도 몰라 요리라는 게 뭔지도 몰랐다.

치치는 당시 산 위를 돌아다니며 나뭇잎을 따 먹던 엄청나게 큰 매머드나 기차만큼이나 긴 도마뱀 이야기도 해 주었다. 푹 빠져서 듣느라, 치치의 이야기가 끝난 다음에야 모닥불이 꺼진 걸 알아차린 적도 많았다. 그래서 나뭇가지를 더 구해 모닥불을 다시 피우느라 허둥대기도 했다.

한편, 병사들로부터 박사를 잡지 못했다는 보고를 받은 왕은 병사들을 다시 정글로 보내며 박사를 잡기 전에는 돌아올 생각도 하지 말라고 명령했다. 하지만 박사와 동물들은 이제 안전하다고 여기며 원숭이들의 나라를 향해 계속 가고 있었다. 왕의 부하들이 여전히 쫓아오고 있는데도 말이다. 만약 치치가 이 사실을 알았다면 다시 숨었을 것이다. 하지만 알 길이 없었다.

어느 날, 치치가 높은 바위 위로 올라가 숲 너머로 망을 봤다. 치치는 바위에서 내려와 원숭이들의 나라가 가까워졌으니 이제 곧 도착하게 될 거라고 말했다.

그날 저녁, 정말로 치치의 사촌과 아직 병에 걸리지 않은 원숭이들을 만날 수 있었는데, 그들은 습지 주변 나무에 앉아 치치 일

원숭이들은 박사를 환영한답시고 환호성을 지르며
나뭇잎을 막 흔들고 나뭇가지에서 뛰어내렸다.

행이 오기를 기다리고 있었다. 그 유명한 박사가 정말로 오고 있는 것을 본 원숭이들은 환영을 한답시고 환호성을 지르며 나뭇잎을 막 흔들고 나뭇가지에서 뛰어내렸는데 그 바람에 엄청나게 큰 소리가 나고 말았다.

원숭이들은 박사의 가방과 짐을 몽땅 다 자기들이 들고 가겠다고 했다. 심지어는 다시 녹초가 된 거브거브까지 업어 주었다. 원숭이들 중 둘은 아픈 원숭이들에게 훌륭한 박사가 드디어 도착했다는 사실을 알려 주겠다며 먼저 앞으로 뛰어갔다.

하지만 아직 박사 일행을 쫓고 있던 왕의 부하들이 원숭이들이 기뻐하며 내지른 소리를 들었다. 그 덕분에 박사가 어디에 있는지 알게 된 그들은 일행을 따라잡기 위해 서둘렀다.

거브거브를 업고 가느라 뒤처진 덩치 큰 원숭이가 왕의 군대 대장이 나무들 사이로 몰래 쫓아오는 모습을 봤다. 덩치 큰 원숭이는 급히 박사에게 달려가 빨리 도망쳐야 한다고 말해 주었다.

일행은 정말이지 죽을힘을 다해 뛰었다. 왕의 부하들도 그들을 쫓기 위해 달리기 시작했다. 그중에서도 대장이 제일 빨랐다.

그때 박사가 약 상자에 걸려 진흙탕으로 고꾸라졌고, 대장은 이번에는 틀림없이 박사를 잡았다고 생각했다.

하지만 대장은 머리카락은 너무 짧은데 귀가 너무 컸다. 박사를 잡으려고 앞으로 뛰어나가다가 귀 하나가 나무에 끼어 버렸다. 나머지 병사들은 대장을 돕기 위해 멈춰야 했다.

그사이 박사는 얼른 일어나서 다시 달아났다. 뛰고 또 뛰었다.

그때 치치가 외쳤다.

"이제 됐어요, 조금만 더 가면 돼요!"

하지만 원숭이들의 나라에 도착하려면 아래쪽으로 강물이 흐르는 가파른 절벽을 건너가야 했다. 그곳이 졸리깅키 왕국의 끝이었다. 원숭이들의 나라는 절벽 너머에 있었다. 강 건너 쪽에…

개 지프가 가파른 절벽 끝에서 아래를 내려다보며 말했다.

"맙소사! 여길 어떻게 건너간다는 거야?"

돼지 거브거브는 "어이쿠, 왕의 부하들이 아주 가까이 왔어. 보라구! 다시 감옥에 갇힐지도 모르겠어"라고 말하며 울음을 터뜨렸다.

하지만 덩치 큰 원숭이는 업고 있던 거브거브를 바닥에 내려놓은 다음 다른 원숭이들에게 큰 소리로 말했다.

"모두… 다리! 서둘러! 다리를 만들어! 시간 없어! 대장이 빠져나왔어, 사슴처럼 빨리 오고 있다고. 힘 내! 다리! 다리!"

원숭이들이 무엇으로 다리를 만들겠다는 건지 알 수 없었던 박사는 혹시 주변에 널빤지라도 숨겨 두었는지 두리번거리며 주위를 살펴보았다.

하지만 다시 절벽 쪽을 돌아보았을 땐 이미 다리가 강을 가로질러 걸려 있었다. 살아 있는 원숭이들로 만들어진 다리! 뒤를 돌아본 잠깐 사이에 원숭이들이 서로 팔다리를 잡고 번개처럼 다리를 만든 거였다.

덩치 큰 원숭이가 박사에게 소리쳤다. "위로 건너가세요! 위로

둘리틀 박사가 마지막으로 다리를 건넜다.

건너가시라고요! 모두 서둘러요!"

거브거브는 아찔할 정도로 높고 좁은 다리 위를 걷는다는 것에 조금 겁이 났다. 하지만 어떻게든 해냈다. 그리고 다른 동물들도 다 해냈다.

둘리틀 박사가 마지막으로 다리를 건넜다. 박사가 반대쪽에 도착하자마자 왕의 부하들이 절벽에 우르르 도착했다.

화가 난 그들은 주먹을 흔들며 고함을 쳐 댔다. 너무 늦었단 걸 알았기 때문이다. 박사와 동물들은 안전하게 원숭이들의 나라에 들어섰고 다리는 반대쪽으로 거둬진 뒤였다.

치치가 박사를 돌아보며 말했다.

"수많은 대탐험가와 흰 수염 난 자연학자들이 우리 원숭이들의 이런 멋진 묘기를 보려고 몇 주 동안이나 정글에 숨어 지내곤 했어요. 하지만 우린 아직까지 그 어떤 백인들에게도 이 묘기를 보여 주지 않았어요. 그 유명한 '원숭이 다리'를 본 건 박사님이 처음이에요."

그 말은 들은 박사는 매우 흐뭇해했다.

8장

# 대장 사자

둘리틀 박사는 이제 정말로 눈코 뜰 새 없이 바빠졌다. 고릴라, 오랑우탄, 침팬지, 개코원숭이, 비단털원숭이 등 온갖 원숭이 수천 마리가 병에 걸려 있었다. 그리고 이미 죽은 원숭이들도 많았다.

박사가 해야 할 첫 번째 일은 아픈 원숭이들을 건강한 원숭이들과 떼어 놓는 일이었다. 그는 치치와 그의 사촌에게 작은 초가집을 짓게 했다. 그다음 일은 아직 병에 걸리지 않은 원숭이들을 그 초가집으로 오게 해서 예방주사를 놓는 것이었다.

정글과 계곡과 언덕에서 원숭이들이 사흘 밤낮을 쉬지 않고 초가집으로 찾아왔기 때문에 박사는 주사를 놓고 또 놓으며 온종일 의자에 앉아 있어야만 했다.

그런 다음 박사는 초가집을 큰 걸로 한 채 더 짓고 침대도 더 많

박사는 아직 병에 걸리지 않은 원숭이들에게 예방주사를 놓았다.

이 마련하라고 했다. 새로 지은 초가집에는 아픈 원숭이들만 있게 했다.

하지만 아픈 원숭이들이 너무 많아서 간호사가 턱없이 부족했다. 그래서 박사는 사자, 표범, 영양 같은 동물들에게 전갈을 보내 간호 일을 도와 달라고 했다.

하지만 사자들의 대장은 아주 거만했다. 대장 사자는 화가 나고 비웃는 듯한 모습으로, 침대들로 가득 찬 박사의 큰 집에 찾아왔다.

사자가 박사를 노려보며 말했다. "어떻게 감히 내게 오라 가라 말한 거요? 감히 어떻게? 나한테… 동물의 왕인 나한테 이런 더러운 원숭이들을 돌보라고? 어쩌자고… 난 이런 것들은 간식으로도 먹지 않는다구!"

그 사자는 정말로 무시무시해 보였지만 박사는 그래도 겁먹은 모습을 들키지 않으려고 애썼다.

박사는 조용히 말했다. "먹으라고 한 게 아니오. 게다가 더럽지도 않소. 오늘 아침 모두 목욕도 했소. 오히려 당신 털가죽이 빗질을 해야 할 것처럼 보이는군. 그건 그렇고, 들어 보시오. 말해 줄 게 있소. 당신들 사자들도 언젠가는 병에 걸릴 날이 있을 거요. 그런데 지금 다른 동물들을 도와주지 않는다면, 당신들에게 문제가 생겼을 때 아무도 도와주지 않을 거요. 너무 거만 떨다가는 그런 꼴 나기 십상이라오."

"사자들에게 곤란해지는 일 따위는 결코 없을 거요. 우리가 남들을 곤란하게 만들면 만들었지." 대장 사자는 턱을 치켜든 채 말

"동물의 왕인 나한테 이런 더러운 원숭이들을 돌보라고?"

했다. 그러고는 자신이 꽤 재치 있는 말을 했다고 생각하며 정글로 돌아가 버렸다.

이어서 표범들도 도와줄 수 없다며 거만을 떨다가 돌아갔다. 영양들도 도움 주기를 거절했다. 이들은 수줍음도 많고 겁도 많아 사자처럼 박사한테 무례하게 굴지는 않았지만 말이다. 그들은 그저 바닥을 발로 긁으며 바보처럼 웃기만 하다가 병간호 같은 건 한 번도 해 본 적이 없다고 말했다.

이제 박사는 수천 마리나 되는 이 원숭이들의 치료를 도와줄 동물들을 어디서 찾아야 할지 너무도 걱정스러웠다.

한편 대장 사자가 굴로 돌아오자 그의 부인이 털도 제대로 정돈하지 못한 채 뛰어나왔다.

대장 사자의 부인이 말했다. "우리 아이 하나가 통 먹질 못해요. 무슨 일인지 모르겠어요. 어젯밤까지만 해도 멀쩡했는데 말이에요."

그러고는 걱정스럽게 어깨를 들썩이며 울기 시작했다. 사자이기는 했지만 그래도 이 사자는 좋은 엄마였다.

대장 사자는 굴로 들어가서 아이들을 살펴봤다. 바닥에 누워 있는 귀여운 새끼 두 마리를 말이다. 그런데 그중 한 마리가 꽤 상태가 안 좋아 보였다.

그런데도 대장 사자는 부인에게 자기가 박사한테 한 이야기를 자랑스럽다는 듯 말해 주었다. 그 말을 들은 부인은 매우 화를 내며 남편을 굴 밖으로 쫓아냈다.

"그런 멍청한 짓을 하다니! 여기는 물론 인도양에 사는 동물들까지 온통 그 훌륭한 분 이야기만 하고 있는데. 병이란 병은 다 고쳐 주시는 데다 얼마나 친절하신지… 전 세계에서 동물 말을 할 줄 아는 사람은 그분뿐이라고요. 게다가 우리 아이가 병에 걸려 있는 지금 같은 때에 그분을 화나게 하고 오다니! 정말 얼간이가 따로 없군요! 바보가 아니라면 그렇게 훌륭한 의사 선생님께 무례하게 굴진 않을 거예요." 부인은 이렇게 말하며 남편의 털을 잡아 뜯기 시작했다.

부인이 큰 소리로 말했다. "당장 그 선생님께 돌아가서 죄송하다고 말해요. 머리통이 텅 빈 사자들도 다 데리고 가요. 멍청한 표범이랑 영양들도 죄다 데리고 가요. 박사님이 시키는 일은 뭐든

다 하라구요. 열심히 해요. 빨리 가서 말해요! 당신은 아버지 자격도 없어요!"

그런 다음 부인은 다른 엄마 사자가 사는 이웃 굴로 가 시시콜콜 다 일러바쳤다.

대장 사자는 둘리틀 박사에게 돌아가 말했다. "우연히 근처를 지나가다 여기 한번 와 봐야겠다는 생각이 들었습니다. 일손은 좀 구했습니까?"

둘리틀 박사가 대답했다. "아직 못 구했소. 그래서 걱정이 태산이라오."

사자가 말했다. "요즘 같은 때는 도움을 받기가 쉽지 않을 겁니다. 요즘 동물들은 일하기를 싫어하니까. 그렇다고 그게 그들 탓만은 아니니… 아무튼 박사님, 힘들어 보이니 내가 할 수 있는 일이 있다면 기꺼이 하겠습니다. 원숭이들을 씻기는 일만 아니라면요. 그리고 다른 동물들에게도 와서 할 수 있는 만큼 도우라고 하겠습니다. 표범들은 곧 도착할 겁니다. 그런데 말입니다. 말이 나온 김에 하는 말인데, 우리 집에 아픈 아이가 있어요. 내 생각에는 그리 심한 건 아닌 것 같아요. 그런데 아내는 걱정을 하고 있으니… 오늘 저녁때라도 지나는 길에 한번 들러서 봐 주겠습니까?"

이 말을 들은 박사는 무척 기뻐했다. 사자, 표범, 영양, 기린, 얼룩말 등 숲과 산에 사는 동물들이 모두 와서 도와주었다. 어찌나 많은 동물이 왔는지 일부는 돌려보내고 영리한 동물들만 남게 해야 할 정도였다.

얼마 안 있어 원숭이들의 상태가 호전되기 시작했다. 주말이 되자 환자로 가득 찼던 큰 집의 반이 비었다. 그리고 둘째 주말이 되자 마지막 남은 원숭이까지 다 나왔다.

이로써 박사의 임무도 끝났다. 박사는 침대로 가서 사흘 동안이나 죽은 듯이 잠을 잤다.

9장

# 원숭이 회의

치치는 박사가 잠에서 깰 때까지 아무도 얼씬대지 못하게 박사님 방문 앞에 서 있었다. 잠에서 깬 박사는 이제 퍼들비로 돌아가야 한다고 원숭이들에게 말했다.

이 말을 들은 원숭이들은 깜짝 놀랐다. 박사가 영원히 자기들 옆에 머물 거라고 생각했기 때문이다. 그날 밤 원숭이들은 모두 정글에 모여 이 문제를 의논했다.

침팬지 추장이 일어나 말했다.

"저 훌륭한 분이 왜 떠나시려고 하는 거지? 우리와 함께 있는 게 불편하신 건가?"

하지만 아무도 대답할 수 없었다.

그때 덩치 큰 고릴라가 일어나 말했다.

그때 덩치 큰 고릴라가 일어섰다.

"내 생각에는 우리가 모두 박사님께 가서 여기 머물러 달라고 말씀 드려야 할 것 같습니다. 새집과 좀 더 큰 침대를 만들어 드리고 시중들 원숭이들도 많이 보내 드린다고 약속하면 마음을 접으실 수도 있을 것 같습니다."

그때 치치가 일어났다. 그러자 모두들 수군거렸다. "쉿! 집중해! 위대한 여행자 치치가 말하려고 하잖아!"

치치가 다른 원숭이들에게 말했다.

"여러분, 내 생각에는 박사님께 여기 머물러 달라고 이야기해 봐야 소용없을 것 같습니다. 박사님은 퍼들비에 빚진 돈이 있어요. 박사님은 돌아가서 그 돈을 갚아야 한다고 말씀하셨어요."

그러자 원숭이들이 물었다. "돈이 뭐죠?"

치치는 백인들이 사는 땅에서는 돈이 없으면 아무것도 구할 수 없고, 원숭이들조차 돈이 없으면 아무것도 할 수 없다고 말해 주었다. 돈 없이 사는 건 거의 불가능하다고 말이다.

그러자 어떤 원숭이가 물었다. "돈이 없으면 먹을 수도, 마실 수도 없나요?"

치치는 고개를 끄덕였다. 떠돌이 손풍금 악사랑 있을 땐 자기도 아이들한테 돈을 구걸해야 했다고 말하면서 말이다.

그러자 추장 침팬지가 나이가 가장 많은 오랑우탄을 보며 말했다.

"형님, 인간이란 정말 이상한 동물이군요! 대체 누가 그런 땅에서 살고 싶어 할까요? 맙소사, 정말 형편없는 족속이군요!"

그러자 치치가 말했다.

"우리가 처음 여기에 오려고 했을 때, 우리에겐 바다를 건널 배도, 여행 내내 먹을 식량을 살 돈도 없었습니다. 그런데 한 남자가 비스킷을 외상으로 주었습니다. 돌아가면 갚겠다고 약속했지요. 그리고 뱃사람에게 배도 빌렸습니다. 그런데 아프리카 해안에 도착했을 때 바위에 부딪히는 바람에 부서졌어요. 그러니 박사님은 돌아가서 뱃사람에게 다른 배를 구해 주셔야 합니다. 그 사람은 가난한 데다 그 배가 전 재산이라서."

모두들 바닥에 앉아 꼼짝도 하지 않고 골똘히 생각하느라 잠시 침묵이 흘렀다.

마침내 덩치 큰 개코원숭이가 자리에서 일어나 말했다.

"나는 훌륭하신 박사님이 우리 땅을 떠나기 전에 멋진 선물을 해 드려야 한다고 생각합니다. 그분이 우리에게 해 주신 일에 대해 우리가 얼마나 감사하고 있는지 알려 드려야 합니다."

그러자 나무 위에 앉아 있던 작고 붉은 원숭이가 아래쪽을 향해 외쳤다.

"저도 그렇게 생각해요!"

"맞아, 맞아. 박사님께 그동안 받아 보지 못한 최고의 선물을 드리는 거야!" 모두가 큰 소리로 외쳤다.

그들은 박사님께 드릴 최고의 선물이 뭘지 궁리하며 서로 의견을 물었다. 어떤 원숭이는 "코코넛 50자루!"라고 말했다. "바나나 100송이! 이거면 돈 없이는 먹을 수도 없는 그곳에 돌아가도 최

소한 과일을 살 필요는 없을걸"이라고 말하는 원숭이도 있었다.

그러자 치치는 그런 것들은 너무 무거워서 멀리 가져가지 못할 뿐더러 반도 먹기 전에 썩어 버리고 말 거라 말했다.

"박사님을 정말 기쁘게 해 드리고 싶다면, 동물을 드리세요. 박사님께서 그 동물에게 친절히 대할 거라는 건 모두들 잘 아실 겁니다. 동물원에도 없는 희귀한 동물로 말입니다."

그 말을 들은 원숭이들이 물었다. "동물원이 뭐죠?"

치치는 인간들이 사는 곳에는 동물원이라는 것이 있는데, 우리 안에 동물들을 가둬 두고 사람들이 와서 보게 하는 곳이라고 설명해 주었다. 원숭이들은 커다란 충격을 받고 저마다 한마디씩 했다.

"인간이란 정말이지 생각이라곤 하나도 없는 철부지 같은 족속이군. 멍청하긴! 그런 걸 좋아하다니. 제기랄, 그건 감옥이잖아."

아무튼 그들은 박사님께 드릴 희귀한 동물로 뭐가 좋을지 치치에게 물었다. 백인들이 한 번도 본 적이 없는 동물이 뭔지 말이다.

비단털원숭이 장군이 물었다.

"거기 이구아나가 있습니까?"

치치가 대답했다. "런던 동물원에 한 마리 있습니다."

그러자 다른 원숭이가 물었다. "오카피는요?"

치치가 대답했다. "벨기에에 있는데, 떠돌이 손풍금 악사가 5년 전에 날 데리고 간 적이 있습니다. 거기 안트베르펜이라는 커다란 도시에 오카피 한 마리가 있어요."

또 다른 원숭이가 물었다. "푸시미풀류는 있나요?"

치치가 말했다. "아니요. 없습니다. 인간은 푸시미풀류를 한 번도 본 적이 없어요. 박사님께 그걸 드리기로 합시다."

# 세상에서 가장 희귀한 동물

푸시미풀류들은 지금은 멸종됐다. 그 말은 더 이상 이 세상에 없다는 이야기다. 하지만 아주 오래전 그러니까 둘리틀 박사가 살던 시절만 해도 아직 아프리카 정글 깊숙한 곳에 몇 마리가 살고 있었다. 그때도 아주 희귀했다. 꼬리는 없고 대신 머리가 몸 양쪽으로 붙어 있었는데, 머리에는 날카로운 뿔이 나 있었다. 겁이 많아서 잡기가 아주 힘들었다.

흑인들은 동물들이 한눈을 팔고 있을 때 뒤쪽으로 살금살금 다가가 잡곤 했다. 하지만 푸시미풀류는 그런 식으로는 잡을 수 없었다. 머리가 둘이라서 어느 쪽으로 다가가든 들킬 수밖에 없었기 때문이다. 게다가 녀석들은 양쪽 머리가 번갈아 잠을 잤다. 한쪽 머리는 늘 깨어 있었다. 망을 보면서 말이다. 한 번도 잡힌 적이 없고 동물원에서도 볼 수 없는 게 바로 그 때문이었다. 난다 긴다 할 정도로 뛰어난 사냥꾼들과 영리한 동물원 사육사들이 죄다 나서서 푸시미풀류를 잡겠다며 이 무더운 정글 구석구석을 돈을 처들여 뒤지고 다녔지만 단 한 마리도 잡을 수 없었다. 그 시절에도 머리가 둘 달린 동물은 세상에 오직 푸시미풀류뿐이었다.

그래도 원숭이들은 이 동물을 찾으러 숲으로 떠났다. 꽤 먼 거리를 갔을 때쯤 한 원숭이가 강기슭에서 특이한 발자국을 발견했다. 원숭이들은 푸시미풀류가 아주 가까이 있을 거라고 예상했다.

강둑을 따라 조금 가 보자 풀이 길고 빽빽하게 자란 곳이 나왔다. 원숭이들은 분명히 그곳에 푸시미풀류가 있을 거라고 생각했다.

원숭이들은 모두 손을 잡고 그 빽빽한 풀밭 주위를 둥글게 에워쌌다. 원숭이들이 다가오는 소리를 들은 푸시미풀류는 둥글게 에워싼 원숭이들 사이를 비집고 나가려 무진 애를 썼다. 하지만 소용이 없었다. 도망가려고 해 봤자 아무 소용이 없다는 걸 안 녀석은 바닥에 앉아 기다리며 원숭이들이 원하는 게 뭔지 알아보기로 했다.

원숭이들은 푸시미풀류에게 둘리틀 박사와 함께 백인들의 땅으로 가서 쇼에 출연해 줄 수 있는지 물어보았다.

하지만 푸시미풀류는 양쪽 머리를 모두 가로저으면서 말했다.

"절대 안 돼!"

원숭이들은 동물원에 갇히는 게 아니라 사람들이 구경할 수 있게만 해 주면 된다고 설명했다. 둘리틀 박사는 아주 친절한 분인데 돈이 없다고도 말해 주었다. 그리고 머리가 둘 달린 동물을 보기 위해 사람들이 돈을 내면 박사는 부자가 될 거고 아프리카에 오기 위해 빌린 배값도 돌려줄 수 있을 거라고 했다.

하지만 "싫어요. 내가 얼마나 부끄럼을 많이 타는지 당신들도 알잖아요. 누가 날 보는 건 정말이지 너무너무 싫어요"라는 답이 돌아왔다. 푸시미풀류는 거의 울상이 되었다.

원숭이들은 사흘 동안이나 푸시미풀류를 설득했다.

사흘째 되는 날 저녁, 마침내 푸시미풀류는 그렇다면 함께 가서 박사가 얼마나 친절한 분인지 먼저 보겠다고 했다.

원숭이들은 푸시미풀류와 함께 되돌아왔다. 그들은 박사가 있는 작은 초가집으로 가서 문을 두드렸다.

짐을 꾸리고 있던 오리가 말했다. "들어오세요!"

치치는 매우 자랑스러워하며 푸시미풀류를 집 안으로 데리고 가 박사에게 보여 줬다.

"이런 동물이 다 있었나?" 둘리틀 박사는 이 이상한 동물을 뚫어져라 보다가 물었다.

"하느님 맙소사! 머리가 두 개면 생각은 어떻게 하나로 모으지?" 오리가 큰 소리로 말했다.

지프도 말했다. "내가 보기엔 생각이란 게 아예 없을 것 같은데."

치치가 말했다. "박사님. 푸시미풀류예요. 아프리카 정글에 사는 희귀한 동물이죠. 세상에 머리가 둘인 동물은 이 애뿐이에요!

이 애를 데리고 가면 부자가 되실 거예요. 얘를 볼 수 있게 해 준다면 사람들은 돈을 얼마든지 내려 들 테니까요."

박사가 말했다. "하지만 난 돈은 필요 없는걸."

오리 대브대브가 말했다. "아니요, 필요해요. 퍼들비에서 고깃집 외상을 갚느라 우리가 얼마나 고생했는지 생각 안 나세요? 그리고 뱃사람에게 새 배는 어떻게 사 주실 거죠? 살 돈도 없는데."

"내가 직접 만들어 줄 생각이야." 박사가 말했다.

그러자 대브대브가 소리를 질렀다. "맙소사, 정신 좀 차리세요! 배 만들 나무랑 못은 어디서 구하실 거죠? 그리고 우린 뭘 먹고 살죠? 이제 돌아가면 전보다 훨씬 더 가난해질 텐데요. 치치 말이 다 맞아요. 이 희한하게 생긴 동물을 제발 좀 데리고 가자구요!"

박사가 말했다. "흠. 네 말에도 일리가 있을지 모르겠군. 새로운 애완동물이 될 수도 있겠어. 하지만 음… 뭐라고 불러야 할지 모르겠지만… 아무튼 이 동물이 정말 가고 싶어 하기는 하니?"

푸시미풀류가 말했다. "그래요, 갈 거예요." 푸시미풀류는 박사 얼굴을 처음 본 순간부터 믿을 만한 사람이라고 생각했다. "박사님은 이곳 동물들을 친절하게 대해 주셨어요. 그리고 박사님을 도와줄 동물이 저밖에 없다고 원숭이들이 말했어요. 하지만 약속하셔야 해요. 인간들의 땅이 제 마음에 들지 않으면 절 꼭 돌려보내 주신다고 말이에요."

박사가 말했다. "물론이지, 물론이고말고. 그런데 말이다… 넌 사슴과에 속하는 것 같구나, 그렇지 않니?"

"하느님 맙소사! 머리가 두 개면 생각은 어떻게 하나로 모으지?"

푸시미풀류가 대답했다. "맞아요. 아비시니아가젤하고 아시아 샤무아가 제 어머니 쪽 친척이에요. 제 아버지의 증조할아버지가 마지막 유니콘이셨고요."

"정말 놀랍군!" 박사는 이렇게 중얼거린 다음 대브대브가 싸고 있던 여행 가방에서 책 한 권을 꺼내더니 뒤적이기 시작했다. "어디 보자… 혹시 자연학자 뷔퐁이 뭐라고 말한 게 있는지…"

대브대브가 물었다. "그러고 보니 한쪽 머리에 달린 입으로만 말하고 있는데, 다른 쪽 입으로는 말을 하지 못하나요?"

푸시미풀류가 대답했다. "아니요. 하지만 다른 쪽 입은 먹는 일을 주로 해요. 그 덕분에 실례를 범하지 않고도 먹으면서 말을 할 수 있는 거죠. 우리 종족은 늘 예의가 바르답니다."

짐도 다 꾸리고 떠날 준비가 모두 끝난 후 원숭이들이 박사를 위해 커다란 잔치를 열자 정글의 동물들이 모두 모였다. 파인애플, 망고, 벌꿀 그리고 온갖 맛난 것들을 먹고 마셨다.

음식을 다 먹고 나자 박사가 자리에서 일어나 말했다.

"친구 여러분, 저는 맛있는 음식을 먹은 다음 연설을 길게 늘어놓는 일 따위는 잘 못합니다. 어떤 사람들처럼 말이죠. 과일하고 벌꿀을 너무 많이 먹는 바람에 배가 부르네요. 하지만 여러분의 이 아름다운 나라를 떠난다고 생각하니 매우 슬프다는 말은 꼭 전해 드리고 싶습니다. 저는 제가 사는 곳에서 해야 할 일들이 있어 반드시 가야만 합니다. 제가 돌아간 다음에도 먹는 음식에 파리가 앉지 않게 조심해야 한다는 건 꼭 기억해 두세요. 그리고 비가 올 때는 맨바닥에서 자지 마세요. 저는… 저는 여러분이 앞으로도 언제까지나 행복하기를 바랍니다."

박사가 말을 끝내고 자리에 앉자 모든 원숭이가 오랫동안 박수를 치며 서로에게 말했다. "여기, 바로 이 나무 아래서 박사님이 우리와 함께 앉아 식사를 하셨던 걸 우리 자손들이 영원히 기억하도록 해야 해. 저분은 사람 가운데서 가장 훌륭한 사람이니까!"

그러자 덩치 큰 고릴라가 말 일곱 마리만큼이나 힘센 털북숭이 팔로 커다란 바위를 상석 쪽으로 굴리며 말했다.

"이 돌이 이 자리를 영원히 기억하게 만들 겁니다."

그 돌은 지금도 정글 한가운데에 그대로 남아 있다. 그리고 엄마 원숭이들은 지금도 가족들과 함께 이곳 숲을 지날 때면 나뭇가지들 사이로 보이는 돌을 가리키면서 아이들에게 말해 준다. "모두 조용! 바로 저곳이 그 훌륭한 의사께서 우리와 함께 앉아 음식을 드셨던 곳이란다. 엄청난 전염병이 돌던 그해에 말이야!"

잔치가 끝나자 박사와 동물들은 해변으로 돌아가기 위해 길을 떠났다. 원숭이들은 모두 자기들 나라가 끝나는 곳까지 가방과 짐을 날라 주며 배웅을 했다.

# 흑인 왕자

강가에 도착하자 그들은 걸음을 멈추고 작별 인사를 했다.

시간이 아주 오래 걸렸다. 왜냐하면 수천 마리나 되는 원숭이들이 모두 다 둘리틀 박사와 악수를 하고 싶어 했기 때문이다.

마침내 박사와 박사의 동물들만 남자 폴리네시아가 말했다.

"이제 졸리깅키의 땅을 지날 때는 조심해서 걷고 말도 조그맣게 해야 해. 우리가 돌아왔다는 소릴 들으면 왕이 또 우리를 잡으려고 병사들을 보낼 게 분명하니까. 우리한테 속은 걸 아직도 분해하고 있을 거야."

박사가 말했다. "걱정인걸… 집으로 돌아갈 배를 어디서 구할지… 하지만 바닷가에 가면 아무도 사용하지 않는 배가 있을지도 몰라. '뜻이 있는 곳에 길이 있다'라는 말도 있잖아."

어느 날 울창한 숲속을 지나고 있을 때였다. 마침 치치는 앞서 가며 코코넛을 찾고 있었다. 그러다 치치가 너무 멀리 앞서가는 바람에, 정글 길을 모르는 나머지 동물들이 깊은 숲속에서 길을 잃고 말았다. 주변을 아무리 둘러보아도 바닷가로 내려가는 길을 찾을 수 없었다.

다른 동물들이 보이지 않자 치치는 엄청나게 놀랐다. 치치는 높은 나무 꼭대기로 올라가 박사의 긴 모자를 찾아보았다. 손을 흔들며 소리도 질렀다. 동물들 이름을 하나하나 다 불러 보기도 했다. 하지만 소용이 없었다. 모두 다 사라져 버린 것 같았다.

일행은 길을 완전히 잃어버렸다. 길에서 많이 벗어나 헤매고 있었다. 정글은 풀이며 칡이며 덩굴이 너무 빽빽해 어떤 때는 한 발자국도 움직이기 힘들었다. 그러자 박사는 주머니칼을 꺼내 길을 내기 시작했다. 일행은 진흙탕에 넘어지기도 했다. 울창한 삼색메꽃 가시에 찔리기도 하고, 수풀 아래서 약상자를 잃어버릴 뻔한 일도 두 번이나 있었다. 고생이 언제 끝날지 알 수 없었다. 어느 쪽으로 가도 길이 나오지 않았다.

이렇게 고생하며 며칠을 지내다 보니 옷은 다 찢어지고 얼굴은 진흙투성이가 되었다. 그러다 그만 왕의 궁전 뒷마당으로 곧장 들어가 버리고 말았다. 왕의 부하들이 금방 달려와 그들을 잡았다.

하지만 폴리네시아는 아무한테도 들키지 않고 정원에 있는 나무로 날아가 숨었다. 박사와 나머지 동물들은 왕 앞으로 끌려갔다.

"하하!" 왕이 크게 웃으며 말했다. "다시 잡혔군! 이번에는 절대로 도망가지 못할 거야. 모두 감옥으로 데려간 다음 문에 열쇠를 두 겹으로 채워 둬. 이 친구는 앞으로 내 부엌 바닥만 닦다 평생을 보낼 거야!"

박사와 그의 동물들은 또다시 감옥으로 끌려가 갇혔다. 아침이 되면 이제 박사님은 꼼짝없이 부엌 바닥을 닦아야 할 처지였다.

모두들 기분이 안 좋았다.

박사가 말했다. "정말 골치 아프게 됐군. 반드시 퍼들비로 가야 하는데 말이야. 얼른 돌아가지 않으면 그 불쌍한 뱃사람이 내가 배를 훔쳤다고 생각할 텐데… 어디 느슨한 문고리라도 있지 않을까."

하지만 문은 아주 튼튼하게 잠겨 있었다. 빠져나갈 틈은 전혀 보이지 않았다. 그때 거브거브가 또 울기 시작했다.

한편 폴리네시아는 왕궁 정원에 있는 나무에 내내 앉아 있었다. 아무 말도 하지 않고 눈만 깜빡였다.

그건 안 좋은 일이 일어났을 때 폴리네시아가 보이는 습관 같은 거였다. 폴리네시아가 아무 말도 하지 않고 눈만 깜빡거리는 건, 자신을 해코지한 누군가에게 어떻게 되갚아 줄지 생각하고 있다는 뜻이었다. 폴리네시아는 자신이나 친구들에게 해코지를 한 자가 있으면 반드시 앙갚음해 후회하게 만들었다.

그때 폴리네시아가 여전히 숲을 헤치며 박사를 찾아다니고 있는 치치를 발견했다. 치치도 폴리네시아를 발견하고 나무로 와 박사에게 무슨 일이 생겼는지 물었다.

"박사님과 친구들이 모두 왕의 부하들에게 잡혀 다시 감옥에 갇혔어. 정글에서 길을 잃었는데 실수로 궁전 뒷마당에 들어가게 된 거야." 폴리네시아가 소리 죽여 말했다.

"그러면 네가 길 안내를 할 수도 있었잖아?" 치치는 자기가 코코넛을 찾으러 간 동안 일행이 길을 잃도록 내버려두었다며 앵무새에게 화를 냈다.

폴리네시아가 말했다. "이게 다 그 멍청한 돼지 때문이야. 생강 뿌리를 찾겠다고 이리저리 나돌아 다니더라고. 나는 걔 쫓아다니며 되돌아오게 하느라 정신이 없었어. 그러다 습지에 도착했을 때 오른쪽으로 방향을 틀어야 하는데 그만 왼쪽으로… 쉿! 저기 봐! 범포 왕자가 정원으로 오고 있어! 들키면 절대로 안 돼. 꼼짝도 하지 마!"

과연 왕의 아들 범포 왕자가 정원 문을 열고 들어왔다. 동화책 한 권을 팔에 끼고 있었다. 왕자는 슬픈 노래를 흥얼대며 어슬렁거리다 앵무새와 원숭이가 숨어 있는 나무 바로 아래에 있는 돌 의자 앞까지 왔다. 그런 다음 의자에 눕더니 동화책을 읽기 시작했다.

치치와 폴리네시아는 꼼짝도 하지 않은 채 조용히 왕자를 지켜봤다.

잠시 후 왕의 아들은 책을 내려놓고 한숨을 내쉬었다.

그는 먼 곳을 바라보며 마치 꿈을 꾸는 듯한 눈으로 말했다. "내

범포 왕자는 동화책을 읽기 시작했다.

가 얼굴이 하얀 왕자라면!"

그때 앵무새가 여자아이처럼 여리고 높은 목소리로 말했다.

"범포 왕자님, 당신을 하얗게 만들어 줄지도 모를 사람이 있어요."

왕의 아들은 깜짝 놀라 의자에서 일어나 주위를 둘러보았다.

"내가 무슨 소리를 들은 거지? 은구슬 굴러가는 것 같은 이 아름다운 소리는 요정의 소리 같은데! 이상한 일이야!"

나뭇잎이 흔들려 왕자에게 들키지 않도록 조심하면서 폴리네시아가 말했다. "존귀하신 왕자님, 당신 말이 맞습니다. 당신에게 말하고 있는 나는 요정들의 여왕 트리프시팅카입니다. 난 장미 봉오리 속에 숨어 있어요."

왕자는 어찌나 기쁜지 두 손을 꽉 쥐며 말했다. "요정 여왕님 말해 주세요, 나를 하얗게 만들어 줄 사람이 누군가요?"

앵무새가 말했다. "그분은 아버님 감옥에 있어요. 존 둘리틀이라는 유명한 마법사가 그 안에 있죠. 온갖 약초와 마법을 잘 알고 있어 엄청난 마술을 부리지요. 하지만 왕이신 아버님께서 감옥에 가두는 바람에 그분은 오랫동안 고초를 겪고 있어요. 용감한 왕자님, 해가 지면 들키지 않게 그에게 가세요. 왕자님 얼굴이 하얗게 변할 거예요. 아름다운 공주를 차지했던 그 어떤 왕자보다도 더 하얗게 말이에요. 할 말을 다 한 것 같군요. 이제 전 요정 나라로 돌아가야 해요. 안녕!"

왕자가 말했다. "안녕! 아름다운 트리프시팅카 여왕님, 정말 고맙습니다!"

왕자는 얼굴 가득 미소를 띤 채 다시 의자에 앉아 해가 지기를 기다렸다.

# 약과 마법

폴리네시아는 아무도 보지 못하게 아주 조용히 나무 뒤쪽으로 빠져나와 감옥으로 날아갔다.

거브거브가 창살 사이로 코를 내밀고 왕궁 부엌에서 풍기는 음식 냄새를 맡으려 애쓰는 모습이 보였다. 폴리네시아는 할 말이 있으니 박사를 창가로 모셔 오라고 돼지에게 말했다. 거브거브가 잠들어 있던 박사를 깨웠다.

"들어 봐." 박사의 얼굴이 보이자 앵무새는 작은 소리로 말했다. "범포 왕자가 당신을 보러 밤에 여기로 올 거야. 그러면 어떻게 해서든지 녀석의 얼굴을 하얗게 만들 방법을 찾아 줘야 해. 하지만 먼저 감옥 문을 열어 주고 바다를 건널 배도 구해 주겠다는 약속을 받아 내야만 한다는 걸 명심해."

"말이야 쉽지. 하지만 흑인을 백인으로 바꾸는 건 그렇게 쉬운 일이 아니야. 넌 왕자가 다시 염색할 수 있는 옷이라도 입고 있는 것처럼 여기고 있어. 그렇게 간단한 일이 아니야. '표범이 자기 몸의 점을, 에티오피아 사람들이 자신들의 피부색을 바꿀 수 있느냐?'란 말도 못 들어 봤어?"

"나는 그런 말 몰라." 폴리네시아가 안절부절못하며 대답했다.

"하지만 당신은 무슨 일이 있어도 녀석을 하얗게 바꿔 놓아야 해. 생각해 봐. 잘 생각해 보라구. 가방에 약도 많이 있잖아. 피부색만 바꿔 준다면 녀석은 뭐든지 해 줄 거니까. 당신이 감옥에서 나갈 유일한 기회야."

박사가 말했다. "흠… 어쩌면 가능할 수도 있겠군. 어디 보자…" 박사는 "동물 색소에 유리 염소를… 음… 임시방편이겠지만 아연 연고를 두텁게 바르면…" 하고 중얼거리며 약이 든 가방 쪽으로 갔다.

그날 밤 범포 왕자가 감옥에 있는 박사를 몰래 찾아와 말했다.

"전 왕자지만 행복하지 않아요. 몇 년 전에 저는 책에서 읽은 '잠자는 미녀'를 찾아 나선 적이 있어요. 몇 날 며칠을 찾아 돌아다니다 마침내 미녀를 찾아 입맞춤을 하고 조심조심 깨웠죠. 책에 나온 것처럼 말이에요. 그러자 정말로 미녀가 깨어났어요. 하지만 내 얼굴을 보자마자 "얼굴이 까매!" 하며 비명을 질렀어요. 그러고는 도망쳤죠. 나와 결혼하고 싶지 않다며 다시 어딘가로 가서 잠이 들었어요. 전 하늘이 무너지는 슬픔을 안고 아버지의 왕국으로 다시 돌아왔어요. 그러다가 당신이 놀라운 마법사이고 엄청난 약들을 많이 가지고 있다는 말을 들었어요. 그래서 도움을 청하러 온 겁니다. 날 하얗게 바꿔 주신다면, 그래서 잠자는 미녀에게 돌아갈 수 있게만 해 주신다면, 내 왕국의 절반을, 아니 당신이 원하는 건 뭐든지 드리겠어요."

생각에 잠긴 듯이 약가방에 든 병들을 물끄러미 바라보던 박사가 말했다. "범포 왕자님, 만약 내가 당신의 머리카락을 멋진 금발로 바꿔 준다면… 그걸로 만족할 수는 없나요?"

범포 왕자가 말했다. "아니요. 어떤 것에도 만족할 수 없어요. 무조건 하얀 왕자여야 해요."

박사가 말했다. "아시겠지만 왕자님의 피부색을 바꾸는 건 극도로 어려운 일이에요. 마법사가 할 수 있는 것 중에서도 최고로 어려운 일입니다. 원하는 게 얼굴을 하얗게 바꾸는 것뿐이라 이거죠?"

범포 왕자가 대답했다. "그래요, 그게 다예요. 전 반짝반짝 빛이 나는 갑옷을 입고, 철장갑을 끼고, 백인 왕자들처럼 말을 탈 거예요."

"얼굴 전체가 다 하얘져야 하나요?" 박사가 물었다.

범포 왕자가 대답했다. "물론이죠, 전부 다요. 그리고 어려운 일이라는 건 알지만, 제 눈도 파랗게 해 주시면 좋겠어요."

박사가 지체 없이 대답했다. "알겠습니다, 그렇게 해 드리죠. 그래요. 최선을 다하겠습니다. 하지만 참을성이 있어야 해요. 아시겠지만 약이란 게 언제나 효과가 있는 건 아닙니다. 두세 차례 써 봐야 할 수도 있습니다. 피부는 문제없는 거죠? 그렇다면 좋습니다. 여기 밝은 곳으로 한번 와 보세요. 아 참, 그런데 그 전에 지금 당장 해변으로 가서 제가 타고 갈 배를 준비해 주셔야 합니다. 배 안에 식량도 실어 주시고요. 절대 아무한테도 말하면 안 돼요. 그리고 왕자님이 원하는 대로 해 드리면 저와 제 동물들 모두 감옥에서 나가게 해 주셔야 합니다. 약속해 주세요. 졸리깅키의 왕권을 걸고!"

왕자는 약속을 하고 배를 준비하러 바닷가로 갔다.

왕자가 돌아와 모든 게 다 잘 되었다고 하자, 박사가 대브대브에게 대야를 가져오라고 했다. 박사는 대야에 온갖 약을 섞어 넣은 후, 왕자에게 거기에 얼굴을 적시라고 말했다.

왕자는 고개를 숙여 귀가 있는 부분까지 대야에 얼굴을 담갔다.

왕자는 한참이나 그러고 있었다. 오히려 박사가 초조해서 안절부절못할 정도였다. 박사는 자기가 사용한 약병들을 하나하나 살펴보고 약 이름을 읽고 또 읽으면서 제자리를 맴돌았다. 감옥 안은 고약한 냄새로 가득 찼다. 마치 갈색 종이를 태울 때 나는 냄새 같았다.

드디어 왕자가 숨을 거칠게 내쉬며 대야에 담갔던 얼굴을 들었다. 동물들 입에서 감탄사가 절로 나왔다.

왕자의 얼굴이 눈처럼 하얗게 변하고, 진흙색이던 눈도 거의 회색으로 바뀌어 있었다!

둘리틀 박사가 거울을 빌려주자 그걸로 자기 얼굴을 본 왕자는 기쁨에 겨워 춤추고 노래하며 감옥 안을 휘젓고 다녔다. 하지만 박사는 그에게 너무 큰 소리는 내지 말라고 조심시킨 후, 서둘러 약가방을 닫고 왕자에게 감옥 문을 열어 달라고 했다.

범포 왕자는 자기한테 거울을 달라고 졸랐다. 졸리깅키에는 거울이 없었다. 왕자는 자기 얼굴을 하루 종일 계속 보고 싶어 했다. 하지만 박사는 면도할 때 필요하다며 거절했다.

그러자 왕자는 호주머니에서 구리로 된 열쇠 뭉치를 꺼내 커다란 이중 자물쇠를 열어 주었다. 박사는 동물들과 함께 바닷가까지 죽어라 내달렸다. 한편 왕자는 텅 빈 감옥 벽에 기대서서 그들이 도망가는 모습을 지켜봤다. 그의 커다란 얼굴은 달빛을 받아 반짝이는 상아처럼 빛이 났다.

그들이 바닷가에 도착했을 때 폴리네시아와 치치가 이미 배 근처의 바위 위에서 그들을 기다리고 있었다.

박사가 말했다. “왕자한테는 왠지 미안한걸. 내가 쓴 약의 효과는 영원하지 않거든. 내일 아침 잠에서 깨면 십중팔구 다시 까맣게 되어 있을 거야. 내가 거울을 주지 않으려 한 것도 그래서야. 어쩌면 그대로 하얗게 남아 있을 수도 있지만… 난 한 번도 약을 그렇게 섞어 써 본 적이 없는데… 효과가 너무 좋아서 사실은 나도 놀랐어. 그래도 어쩔 수 없었던 거야, 그렇지? 남은 평생을 왕의 부엌 청소나 하면서 보낼 순 없다구. 감옥 창문으로 보니까 부엌이 정말 어찌나 더럽던지! 불쌍한 범포!”

"알아. 녀석도 우리가 자기를 속였다는 걸 알게 될 거야." 앵무새가 말했다.

"그 사람들에겐 우리를 가둘 권리가 없어요." 대브대브가 꼬리를 흔들며 화난 목소리로 말했다. "우린 그 사람들에게 아무런 해도 끼치지 않았어요. 다시 까매져도 싸요. 차라리 아주 새까매져 버렸으면 좋겠어요."

박사가 말했다. "하지만 왕자와는 상관없는 일이야. 우리를 가둔 건 왕자의 아버지라고. 왕자의 잘못이 아니지. 돌아가서 사과해야 할 것 같기도 해. 흠… 퍼들비로 돌아가면 사탕이라도 좀 보내 줘야겠군. 누가 알겠어? 영원히 하얗게 남아 있을지."

"아무리 그래도 잠자는 미녀가 녀석과 결혼하는 일은 절대 없을 거예요. 내 생각에는 생긴 그대로 있는 게 좋을 것 같아요. 잘생기지는 않았지만요." 대브대브가 말했다.

"그래도 녀석 꽤 마음이 착하던데… 너무 낭만적이긴 하지만 착하잖아. 잘생긴 건 그저 잘생긴 것일 뿐이라구." 박사가 말했다.

"난 그 멍청이가 잠자는 미녀를 만났다는 얘기도 전혀 못 믿겠어요." 지프가 말했다. "분명 사과나무 밑에서 졸던 농부의 뚱뚱한 아내와 입 맞췄을 거예요. 여자가 얼마나 놀랐겠어요! 이번엔 누굴 찾아가 입을 맞출 건지 궁금해요. 한심한 녀석 같으니라고!"

어쨌든 푸시미풀류, 흰쥐, 거브거브, 대브대브, 지프, 올빼미 투투는 박사와 함께 배에 올랐다. 하지만 치치, 폴리네시아, 악어는 남았다. 아프리카야말로 그들의 진짜 고향, 자기들이 태어난 땅이

그들은 배가 보이지 않을 때까지 흐느껴 울며 손을 흔들었다.

었다.

박사는 배 위에 서서 바다 저편을 바라보았다. 그러다가 퍼들비까지 돌아갈 길을 안내해 줄 동물이 없다는 게 생각났다. 달빛을 받아 빛나는 넓디넓은 바다는 정말로 광활하고 막막해 보였다. 육지가 보이지 않게 되면 길을 잃게 될지도 모른다는 생각이 들기 시작했다.

박사가 그런 근심에 빠져 있는 동안, 캄캄한 밤하늘에서 작고 이상한 소리가 들려왔다. 동물들은 작별 인사를 멈추고 귀를 기울였다.

소리는 점점 더 커져 갔다. 점점 더 그들 곁으로 가까이 오는 것 같았다. 포플러 나무 잎을 스치며 지나가는 가을바람 소리 같기도 하고, 지붕 위를 때리는 소나기 소리 같기도 했다.

지프가 주둥이로 어딘가를 가리키며 꼬리를 곧추세운 채 말했다.

"새들이야! 엄청나게 많아. 정말 빨리 나는걸. 저거였어!"

모두들 위를 쳐다봤다. 달을 가로질러 흘러가는 것들이, 거대한 개미 떼 같은 것들이, 몇만 아니 몇십만 마리나 되는 작은 새들이 날아가는 모습이 보였다. 금세 하늘이 새들로 가득 차 버렸다. 그런데도 새들은 계속 더 많이 몰려왔다. 그 작은 것들이 얼마나 많았는지 달 전체가 가려져 바다가 점점 더 어두워졌다. 칠흑처럼… 태풍이 몰려올 때 구름이 해를 뒤덮고 지나가는 것처럼 말이다.

그러다 새들이 모두 가까이 내려와 물 위를 미끄러지듯이 날았다. 그러자 밤하늘이 다시 선명해졌고, 달도 아까처럼 다시 빛났다. 이제 새들의 소리, 울음소리도, 노랫소리도 전혀 들리지 않았다. 하지만 이번에는 새들의 요란한 날갯짓 소리가 아까보다 점점 더 크게 들려왔다. 새들은 모래 위에, 배의 밧줄 위에 내려앉았다. 나무 위만 빼고 사방에 앉았다. 날개는 파랗고, 가슴은 하얗고, 다리는 아주 짧은 새들이었다. 새들이 모두 자리를 차지하고 앉자 갑자기 소리가 모두 사라졌다. 사방이 온통 고요해졌다. 모든 게 정지한 것처럼.

고요한 달빛 속에서 둘리틀 박사가 말했다.

"아프리카에 이렇게 오래 있었는지 몰랐는걸. 이제 집으로 돌아가면 거의 여름이겠군. 얘들은 고향으로 돌아가는 중인 제비들이야. 얘들아, 우리를 기다려 줘서 고맙다. 정말 생각이 깊은 새들이야. 이제 바다에서 길을 잃을 걱정은 하지 않아도 되겠어. 자, 닻을 올리자고. 출발!"

배가 파도를 헤치고 나가기 시작하자 뒤에 남은 치치, 폴리네시아, 악어에게 슬픔이 몰려왔다. 습지 옆 퍼들비 마을에 사는 둘리틀 박사만큼 자신들이 그렇게 많이 좋아한 사람은 여태껏 단 한 명도 없었다.

그들은 여전히 바위 위에 서서 박사에게 작별 인사를 하고 또 하고 또 했다. 배가 보이지 않을 때까지 흐느껴 울고 손을 흔들며…

13장

# 빨간 돛과 파란 날개

배를 타고 고향으로 가려면 바르바리 해안을 지나가야만 했다. 그곳은 대사막과 맞닿은 바닷가였다. 황량하고 외진 곳이었다. 있는 거라고는 온통 모래와 돌뿐이었다. 그런데 그곳에는 바르바리 해적들이 살고 있었다. 이 나쁜 해적 무리는 바닷가에 배가 난파하기를 기다리곤 했다. 지나가는 배가 보이면 자기네 쾌속선을 타고 뒤쫓아 가기도 했고, 바다에서 배를 따라잡으면 배에 실린 걸 죄다 빼앗았다. 그런 다음 사람들을 내리게 한 후 배를 침몰시키고 자기들이 한 짓이 무슨 자랑거리라도 되는 양 노래를 부르며 바르바리로 돌아왔다. 배에 타고 있던 사람들은 끌고 와서 그들의 고향 친구들에게 돈을 보내 달라는 편지를 쓰게 했다. 친구들이 돈을 보내지 않으면 해적들은 그들을 바다에 빠뜨리기도 했다.

햇볕이 좋은 어느 날 박사와 대브대브는 배 위아래를 오가며 운동을 하고 있었다. 배는 상쾌하고 적당한 바람을 받으며 잘 가고 있었고, 모두들 행복했다. 그때 바다 저 멀리서 따라오는 배의 돛이 대브대브의 눈에 들어왔다. 빨간 돛이었다.

대브대브가 말했다. "돛 모양이 좋아 보이지 않아요. 친절한 배는 아닌 것 같아. 우리한테 뭔가 안 좋은 일이 생길 것 같아요."

햇볕을 받으며 낮잠을 자고 있던 지프가 그르렁거리며 잠꼬대를 하기 시작했다.

"고기 굽는 냄새군… 덜 익힌 고기… 갈색 소스가 듬뿍 뿌려진…" 지프가 중얼거렸다.

박사가 소리쳤다. "맙소사! 지프가 왜 이러지? 잠꼬대만 하는 게 아니라 자면서 냄새까지 맡는다고?"

대브대브가 말했다. "개들은 자면서도 냄새를 맡을 수 있대요."

"무슨 냄새를 맡고 있는 거지? 우리 배에서는 아무도 고기를 굽고 있지 않은데." 박사가 물었다.

대브대브가 말했다. "저쪽 배에서 나는 게 분명해요."

박사가 말했다. "10킬로미터도 넘게 떨어져 있는걸. 저렇게 멀리 떨어진 곳에서 나는 냄새를 맡는다고?"

대브대브가 말했다. "지프는 맡을 수 있어요. 물어보세요."

여전히 잠에 빠져 있던 지프가 다시 그르렁거리며 화가 난 듯 입술을 치켜 올려 새하얗고 깨끗한 이빨을 드러냈다.

지프는 그르렁거리며 말했다. "나쁜 사람들 냄새가 나. 내가 맡

“바르바리의 해적들이 분명해!”

아 본 냄새 중에 가장 나쁜 사람들 냄새야. 나쁜 일이 일어날 것 같아. 싸우는 냄새가 나. 악당 여섯이 용감한 한 사람과 싸우고 있어. 내가 도와야 해. 멍멍." 그렇게 큰 소리로 짖더니 깜짝 놀란 표정을 지으며 깨어났다.

대브대브가 외쳤다. "봐! 배가 점점 더 가까이 오고 있어. 저기 큰 돛 세 개가 보이지? 전부 빨간색이야. 누군지는 모르겠지만 우리를 쫓아오고 있어. 누구지?"

지프가 말했다. "나쁜 뱃사람들이야. 배도 아주 빠른걸. 바르바리의 해적들이 분명해."

그러자 박사가 말했다. "그렇다면 우리도 돛을 더 올려야겠군. 속도를 높여 달아나야겠어. 지프, 얼른 아래로 내려가서 보이는 돛은 다 꺼내 오렴."

지프는 서둘러 아래층으로 내려가 돛을 있는 대로 다 끌고 올라왔다.

하지만 돛이란 돛은 죄다 돛대에 달아 바람을 맞아도 해적선만큼 빨리 가지는 못했다. 해적선과의 거리는 점점 줄어들었다.

거브거브가 말했다. "왕자가 형편없는 배를 준 거야. 가장 느린 배를 준 게 분명해. 이따위 낡은 거룻배로 어떻게 녀석들을 따돌릴 수 있겠어? 봐! 점점 더 가까워지고 있다구. 저 사람들 얼굴에 난 콧수염 보이지? 여섯 명이야. 이제 어떻게 해야 하지?"

박사가 대브대브에게 제비들한테 날아가 해적들이 빠른 속도로 쫓아오고 있는데 어떻게 하면 좋을지 물어보라고 시켰다.

제비들은 대브대브의 말을 듣고 모두 한꺼번에 박사의 배에 내려앉았다. 새들은 박사에게 되도록 빨리 긴 밧줄을 풀어 가는 끈들을 만들라고 했다. 그런 다음 그 끈들의 끝을 뱃머리에 동여매라고 했다. 그렇게 하자 제비들이 발로 그 끈을 하나씩 잡고 날아올라 배를 끌기 시작했다.

제비 한 마리나 두 마리는 힘이 그리 세지 않다. 하지만 제비도 엄청난 수가 모이면 상황이 달라진다. 배에 동여맨 끈이 천 가닥이 넘었고, 그 끈 하나마다 2천 마리의 제비들이 달라붙어 배를 끌었다. 게다가 제비는 빨리 나는 데는 일가견이 있었다.

배는 박사가 모자를 양손으로 잡고 있어야 할 정도로 순식간에 빨라졌다. 박사는 물보라를 일으키는 파도를 헤치며 쏜살같은 속도로 움직이는 배가 마치 날아가는 것 같다고 생각했다. 동물들도 밀려드는 바람을 맞으며 돌진하는 배 위에서 웃으며 춤을 추었다. 뒤돌아보니 해적선이 점점 더 작아져 가고 있었다. 조금씩 커져만 가던 해적선이. 빨간 돛은 조금씩 뒤처져 갔다. 점점 더, 아주 멀리.

# 쥐들의 경고

바다를 헤치며 배를 끌고 가는 건 힘든 일이었다. 두세 시간쯤 지나자 제비들은 날갯짓도 힘들어지고 숨도 가빠졌다. 그래서 박사에게 이제 좀 쉬어야겠다는 전갈을 보냈다. 근처 가까운 섬으로 가 깊숙한 만에 배를 숨긴 뒤 한숨 돌리고 가야겠다는 거였다.

그때 제비들이 말한 섬이 박사의 눈에 들어왔다. 한가운데에 아주 아름답고 높은 푸른 산이 있는 섬이었다.

먼 바다에서는 보이지 않는 만 안쪽으로 배가 들어서자 박사는 섬에 내려 물을 찾아 오겠다고 말했다. 배에 마실 물이 다 떨어졌기 때문이다. 박사는 다른 동물들도 모두 배에서 내려 풀밭에서 뛰며 다리를 좀 풀라고 했다.

동물들이 배에서 내리고 있는데, 아래층에서 쥐들이 올라와 배에서 내리는 걸 박사가 알아차렸다. 지프가 쥐들을 쫓아 달렸다. 쥐들을 뒤쫓는 건 개들이 최고로 좋아하는 오락거리다. 하지만 박사가 지프를 막았다.

그러자 크고 검은 쥐 한 마리가 뭔가 할 말이 있다는 듯이 박사에게 다가왔다. 개를 곁눈질하며 난간을 따라 기어 오더니 헛기침을 두세 번 하고, 수염을 비비 꼬기도 하고, 입을 닦기도 하다가 말을 꺼냈다.

"음… 음… 박사님도 아시겠지만, 배에는 늘 쥐들이 있기 마련이죠. 설마 모르고 계셨나요?"

박사가 말했다. "알고 있어."

"그리고 배가 가라앉을 기미가 보이면 쥐들이 항상 먼저 도망간다는 말도 들어 보셨죠?"

박사가 말했다. "물론이지. 들어 본 적 있어."

쥐가 말했다. "사람들은 그런 말을 하며 우리를 비웃는데… 마치 우리가 뭐 수치스러운 짓이라도 하는 것처럼 말이에요. 하지만 누구도 우릴 비난할 수 없어요. 가라앉고 있는 배에 도대체 누가 그대로 있으려 하겠어요?"

박사가 말했다. "그건 자연스러운 일이야. 아주 자연스러운 일이지. 잘 알아들었는데… 할 말이… 하고 싶은 말이 더 있는 거니?"

쥐가 말했다. "그래요. 우리는 지금 이 배에서 도망치는 중이에요. 하지만 그러기 전에 미리 경고해 드리고 싶었어요. 여기 이 배

"박사님도 아시겠지만, 배에는 늘 쥐들이 있기 마련이죠."

는 좋은 배가 아니에요. 안전하지 않아요. 뱃전도 튼튼하지 않고 판자들도 썩었다고요. 내일 밤이 되기 전에 견디지 못하고 바다 밑으로 가라앉을 거예요."

박사가 물었다. "하지만 그걸 네가 어떻게 알지?"

쥐가 대답했다. "우리는 언제든 알 수 있어요. 꼬리 끝이 얼얼해지는 느낌이 나거든요. 여러분 다리에 쥐가 나는 것처럼 말이에요. 아무튼 오늘 아침 6시에 밥을 먹고 있는데, 갑자기 제 꼬리가 얼얼해지기 시작했어요. 처음에는 류머티즘이 다시 도진 줄 알았어요. 그래서 숙모님께 가서 여쭤봤어요. 숙모님은 어떻게 느껴지시는지. 박사님도 기억하고 계시죠? 키가 크고, 얼룩무늬가 있고, 조금 마른 제 숙모님이요. 지난봄에 황달에 걸려 퍼들비의 박사님을 찾아갔잖아요. 아무튼 숙모님도 꼬리가 자꾸 얼얼해지신다고 하셨어요. 그래서 우린 이 배가 적어도 이틀 안에 가라앉을 거라는 걸 분명히 알게 됐죠. 우린 어디든 육지가 가까워지면 배를 떠나기로 마음먹었어요. 박사님, 이 배는 좋은 배가 아니에요. 더 이상 이 배를 타고 가지 마세요. 안 그러면 분명히 물에 빠져 죽고 말 거예요. 그럼 안녕히 가세요! 우린 이 섬에서 살 만한 장소를 찾아볼게요."

박사가 말했다. "잘들 가게. 알려 줘서 정말 고마워. 아주 사려 깊군. 아주 깊어! 숙모님께도 안부 전해 주게. 숙모님을 아주 잘 기억하고 있어… 지프! 그 쥐에게 못살게 굴지 마! 이리 와! 앉아!"

그러고 나서 박사와 동물들은 들통이랑 냄비를 들고 섬에 상륙해 물을 찾아 나섰다. 한편 제비들은 휴식을 취하고 있었다.

박사가 산에 오르면서 말했다. "이 섬의 이름이 뭔지 궁금하군. 기분이 좋아지는 곳인걸. 새들도 많고!"

대브대브가 말했다. "글쎄요. 카나리아 섬은 어때요. 카나리아 울음소리가 들리지 않나요?"

박사가 멈춰 서서 귀를 기울여 보았다.

박사가 말했다. "그래, 분명히 들린다, 들려. 이런 바보같이! 물이 어디 있는지 새들에게 물어보면 되잖아."

얼마 안 있어 지나가는 새들에게 박사의 이야기를 속속들이 전해 들은 카나리아들이 와서는 시원하고 깨끗한 물이 솟는 아름다운 샘으로 안내해 주었다. 거긴 카나리아들이 목욕을 하는 곳이었다. 새 모이가 자라는 멋진 들판도 보여 주었고, 섬에서 경치 좋은 곳도 구석구석 보여 주었다.

푸시미풀류는 이곳에 온 것을 아주 좋아했다. 배 안에서 마른 사과만 줄창 먹다가 좋아하는 싱싱한 풀을 먹게 되었으니 말이다. 거브거브도 계곡에 가득 자란 사탕수수를 발견하고는 좋아서 소리를 질러 댔다.

잠시 후, 모두 배가 터지도록 먹고 마신 다음 누워 카나리아들의 노래를 듣고 있는데 흥분한 제비 두 마리가 허둥지둥 날아왔다.

제비들이 소리쳤다. "박사님! 해적들이 만에 와 있어요. 우리 배에 올라탔다구요. 아래층으로 내려가 훔쳐 갈 걸 찾고 있어요.

그런데 지금 놈들의 배에는 아무도 없어요. 서둘러 바닷가로 가면 놈들의 배에 탈 수 있을 거예요. 아주 빠른 배니까, 그걸 타고 도망가는 거예요. 하지만 서두르셔야 해요."

박사가 말했다. "정말 좋은 생각이야. 멋져!"

박사는 즉시 동물들을 불러 모은 다음, 카나리아들에게 인사를 하고 바닷가로 내려갔다.

바닷가에 도착하자 빨간 돛이 세 개 달린 해적선이 보였다. 제비들이 말한 그대로였다. 배에는 아무도 없었다. 해적들은 모두 박사의 배 아래층에 있었다. 훔칠 걸 찾느라 정신이 없었다.

박사는 동물들에게 살금살금 걸으라 말했고, 모두들 해적선에 기어오르는 데 성공했다.

# 바르바리의 용

섬에서 축축한 사탕수수를 먹는 바람에 돼지가 감기에 걸리지만 않았다면, 모든 일이 잘 풀렸을 것이다. 그런데 감기 때문에 결국 사달이 나고 말았다.

아무 소리도 내지 않고 닻을 올린 다음 아주 조심스럽게 만을 나섰는데, 거브거브가 갑자기 너무 큰 소리로 기침을 하는 바람에 박사의 배에 타고 있던 해적들이 무슨 소린가 하고 배 위층으로 뛰쳐 올라왔다.

박사가 도망치는 모습을 본 해적들은 만 입구까지 곧장 배를 몰고 와 박사 일행이 탄 배가 먼 바다로 나가지 못하게 가로막았다.

악당들의 두목(자칭 '용' 벤 알리)은 건너편에서 박사를 향해 주먹을 휘두르며 고함을 쳐 댔다.

"하! 하! 너흰 잡혔어, 쥐새끼 같은 것들! 내 배를 타고 도망가겠다고? 너흰 바르바리의 용 벤 알리만큼 배를 잘 몰 수 없을걸. 거기 있는 오리를 이리 보내. 돼지도 보내고. 오늘 저녁거리는 저 돼지 통구이에 오리 고기다. 집으로 가고 싶다면, 너희 친구들에게 가방 가득 금을 채워 보내라고 해야 할 거야."

불쌍한 거브거브가 울기 시작했다. 대브대브는 목숨을 부지하기 위해 날 준비를 했다. 그때 올빼미 투투가 박사에게 속삭였다.

"박사님, 계속 지껄이게 내버려 두세요. 아니, 더 기분 좋게 해 주세요. 고물 배가 곧 가라앉기 시작할 테니까요. 내일 밤이 되기 전에 배가 가라앉을 거라고 쥐들이 말했잖아요. 쥐들은 절대로 틀리지 않아요. 배가 가라앉을 때까지 비위를 맞춰 주세요. 계속 지껄이게 말이에요."

박사가 말했다. "뭐라고, 내일 밤까지! 흠, 최선을 다하기는 하겠는데… 어디 보자… 무슨 얘기를 해야 하지?"

지프가 말했다. "맙소사, 오라고 해요. 저 더러운 악당 놈들은 얼마든지 상대할 수 있다구요. 고작 여섯이에요. 오라고 해요. 집에 가면 옆집 콜리한테 말해 줄래요. 내가 해적들을 어떻게 때려눕혔는지. 오게 해요. 우린 얼마든지 싸울 수 있어요."

박사가 말했다. "하지만 놈들에게는 총하고 칼이 있는데… 안 돼, 싸울 순 없어. 내가 놈들한테 말을 걸게. 이봐, 벤 알리…"

하지만 박사가 더 말을 하기도 전에, 해적들이 배를 몰고 점점 더 가까이 오기 시작했다. 신나서 웃으며 서로 지껄여 댔다. "돼지를 누가 가장 먼저 잡을까?"

불쌍한 거브거브는 놀라서 부들부들 떨었다. 푸시미풀류는 놈들과 싸우려고 배 돛대에 뿔을 비벼 갈았다. 한편 지프는 공중으로 껑충대며 개의 말로 벤 알리에게 욕설을 퍼부어 댔다.

그런데 해적들에게 뭔가 나쁜 일이 생긴 것 같아 보였다. 웃음소리도, 농담도 뚝 그쳐 버렸다. 깜짝 놀란 것처럼 보였다. 뭔가 안 좋은 일이 생기고 있었다.

발밑을 보고 있던 벤 알리가 갑자기 고함을 쳤다.

"큰일이다! 배가 샌다!"

그러자 다른 해적들도 뱃전 너머를 살펴보고는 배가 점점 가라앉고 있다는 걸 알아냈다. 그때 한 녀석이 벤 아리에게 말했다.

"이 고물 배가 가라앉고 있다면, 분명 쥐들이 도망가는 게 보였을 텐데요."

지프가 이쪽 배에서 소리쳤다.

"야 이 바보들아, 도망갈 쥐는 이미 다 도망가고 없어! 두 시간 전에 가 버렸다고! 하, 하, 이 멍청한 놈들아!"

물론 해적들은 개의 말을 알아들을 수 없었다.

곧 배 뒷부분부터 가라앉기 시작했다. 점점 더 빨리. 그러다 뱃머리만 남고 다 가라앉았다. 해적들은 미끄러져 떨어지지 않기 위해 난간이든, 돛대든, 밧줄이든, 그게 뭐든 간에 필사적으로 매달렸다. 그런데 이번에는 창과 문을 통해 바닷물이 한꺼번에 밀려들었다. 배는 결국 끔찍한 소리를 내며 바닷속으로 빨려 들어

“이봐, 벤 알리!”

갔다. 해적 여섯 명도 만의 깊은 바닷물에 빠져 허우적거렸다.

그들 중 일부는 해변 쪽으로 헤엄치기 시작했고, 또 다른 일부는 박사가 타고 있는 배에 기어오르려 했다. 하지만 지프가 녀석들의 코를 물어뜯으려 하자 겁에 질려 뱃전을 기어오르는 걸 포기했다.

갑자기 해적들이 겁에 질려 비명을 질렀다.

"상어다! 상어들이 오고 있어! 우릴 잡아먹기 전에 배에 태워 주세요! 도와주세요, 도와 달라고요! 상어예요! 상어라구요!"

만 주위로 물살을 가르며 빠르게 헤엄쳐 오는 커다란 물고기들의 등이 박사 눈에 들어왔다.

그때 커다란 상어 한 마리가 배에 접근해서 물 밖으로 주둥이를 내밀고 박사에게 말했다.

"당신이 그 유명한 수의사 존 둘리틀 박사님이신가요?"

박사가 말했다. "그렇소. 그게 내 이름이오."

상어가 말했다. "그렇군요. 우리도 이 해적들이 나쁜 놈들인 건 알고 있었습니다. 특히 이 녀석, 벤 알리. 이놈들이 박사님을 괴롭히는 거라면, 박사님을 위해 기꺼이 잡아먹어 드리겠어요. 그러면 더 이상 고생하실 필요도 없을 겁니다."

박사가 말했다. "고맙소, 신경 써 줘서 정말 고맙소. 하지만 굳이 잡아먹을 필요까지는 없을 것 같소. 그래도 내가 녀석들에게 말할 때까지는 바닷가에 닿지 않게 해 주시오. 물속에서 계속 헤엄치게 말이오. 그리고 벤 알리를 이쪽으로 데려와 주겠소? 내가 그에게 할 얘기가 있다오."

상어가 벤 알리를 박사 쪽으로 몰고 왔다.

박사가 뱃전에 몸을 기대고 말했다. "잘 듣게, 벤 알리! 자넨 정말로 나쁜 사람이었어. 자네가 많은 사람을 죽인 것도 알고 있네. 여기 착한 상어들이 너희를 잡아먹어 주겠다는 제안까지 했어. 바다가 너희를 집어삼키는 것도 나름 좋은 일이겠지. 하지만 내가 말한 대로 하겠다면, 안전하게 돌아갈 수 있도록 해 주겠네."

해적은 물속에서 상어가 자기 다리 냄새를 맡고 있는 걸 곁눈질하며 물었다. "내가 뭘 하면 된다는 말이지?"

박사가 말했다. "더 이상 사람을 죽이지 마. 도둑질도 그만두고. 다른 배를 침몰시키는 일도 그만해. 해적질을 하지 말라고."

벤 알리가 물었다. "그럼 대체 뭘 하란 말이지? 우린 어떻게 살라고?"

박사가 말했다. "너하고 네 부하들은 이 섬에서 새 모이를 재배하는 농부가 되는 거야. 카나리아들이 먹을 새 모이를 기르는 거지."

바르바리의 용은 화가 치밀어 올라 얼굴이 창백해졌다. 불쾌하다는 듯이 신음 소리도 냈다. "새 모이를 키우라고? 배 타는 걸 그만두라고?"

박사가 말했다. "그래. 그만둬야 해. 넌 이미 배를 충분히 오래 탔어. 멋진 배들과 좋은 사람들을 수도 없이 물에 빠뜨렸고. 남은 인생은 착한 농부로 살아야 해. 상어가 기다리고 있어. 시간을 너무 뻤지 말자구. 마음을 정해."

벤 알리가 중얼거렸다. "버러지 같은 놈! 새 모이라니!" 물속을 보니 커다란 상어가 아직도 다리 냄새를 맡고 있었다.

그는 풀이 죽은 목소리로 말했다. "알겠소. 농부가 되기로 하지."

박사가 말했다. "기억해. 약속을 지키지 않고 사람을 죽이거나 도둑질을 다시 시작하면 내가 알게 될 거야. 카나리아들이 내게 와서 말해 줄 거거든. 그때는 반드시 죗값을 치르게 할 거야. 너희만큼 배를 잘 타지는 못하지만 새, 짐승, 물고기들이 내 친구로 있는 한, 해적 두목 따위 겁나지 않아. 아무리 '바르바리의 용'이라도 말이야. 이제 가서 좋은 농부가 되어 착하게 살게나."

그런 다음 박사는 커다란 상어 쪽을 보고 손을 흔들며 말했다.

"이제 됐소. 사람들이 안전하게 육지로 헤엄쳐 갈 수 있게 해 주시오."

# 귀 밝은 투투

상어들의 친절함에 감사의 말을 전한 둘리틀 박사와 동물들은 빨간 돛을 단 배를 타고 또다시 고향으로 길을 떠났다.

탁 트인 바다가 나오자, 동물들은 아래층으로 내려가 새 배의 내부가 어떻게 생겼는지 구경했다. 한편 박사는 배 뒤쪽 난간에 기대서서 파이프 담배를 입에 물고 카나리아 섬들이 보랏빛 황혼 속으로 사라져 가는 모습을 지켜봤다.

박사는 그곳에 서서 원숭이들이 잘 지내고 있을지, 돌아갔을 때 퍼들비의 정원이 어떻게 변해 있을지, 이런저런 생각에 잠겨 있었다. 그때 대브대브가 얼굴에 웃음이 가득한 채 계단을 뛰어 올라와 소식을 전했다.

"박사님, 이 해적선 정말 멋져요. 굉장하다구요. 아래층 침대들은 연노랑 비단으로 되어 있고 커다란 베개랑 방석도 100개가 넘어요. 바닥에는 부드럽고 두꺼운 융단이 깔려 있어요. 은으로 된 접시들도 있고, 먹고 마실 것도 종류별로 다 있어요. 그것도 최고급으로 말이에요. 주방 창고는 마치 식료품 가게 같아요. 정말로요. 그런 건 박사님도 평생 본 적이 없을 거예요. 생각해 보세요. 정어리 통조림도 다섯 가지나 돼요. 가서 봐요. 문이 잠겨 있는 작은 방도 찾았어요. 안에 뭐가 있는지 들어가 보고 싶어 난리들이에요. 지프는 그 방에 해적들이 숨겨 놓은 보물이 있을 거라고 하네요. 하지만 우린 문을 열 수가 없어요. 내려가서 열 수 있는지 좀 봐 주세요."

그래서 박사도 아래층으로 내려갔는데 듣던 대로 정말 멋진 배였다. 동물들은 문 주위에 모여 안에 뭐가 있는지를 두고 한마디씩 떠들고 있었다. 박사가 손잡이를 돌려 보았지만 문은 열리지 않았다. 모두들 열쇠를 찾아 나섰다. 깔개 밑도 찾아보고, 융단 밑도 찾아봤다. 선반 위랑, 서랍 안, 식당의 찬장 안도 살펴봤다. 구석구석 죄다 살펴봤다.

그러는 동안 동물들은 해적들이 다른 배들에서 훔친 것이 분명한 멋진 물건들을 또 찾아냈다. 금실로 꽃을 수놓은 거미줄처럼 얇은 캐시미어 숄, 자메이카산 고급 담배가 가득 든 항아리, 러시아산 차가 가득 든 상아함, 뒤쪽에 그림이 그려져 있고 줄이 끊어져 있는 옛날 바이올린, 산호와 호박으로 만든 대형 체스 말, 손잡이를 잡아당기면 안에서 검이 나오는 지팡이, 터키석과 은으로 가장자리를 장식한 포도주 잔 여섯 개, 진주로 만든 아름다운 설탕 그릇… 하지만 딱 맞는 열쇠는 배 어디에서도 찾을 수 없었다.

모두들 다시 문 앞으로 돌아왔다. 지프가 열쇠 구멍을 통해 안을 들여다봤다. 하지만 방 안 벽 쪽을 뭔가가 가리고 있어서 아무것도 보이지 않았다.

모두들 어떻게 하면 될지 궁리하며 서 있는데, 갑자기 올빼미 투투가 말했다.

"쉿! 들어 봐! 저 안에 누군가가 있는 것 같아!"

순간적으로 모두 몸이 굳어 버렸다. 그때 박사가 말했다.

"투투, 네가 잘못 들은 걸 거야. 난 아무 소리도 안 들리는걸."

올빼미가 말했다. "분명해요. 쉿! 또 소리가 나요. 지금도 안 들리나요?"

박사가 말했다. "아니, 안 들리는걸. 어떤 소리가 난다는 거니?"

올빼미가 말했다. "누군가가 호주머니에 손을 넣는 소리가 들려요."

박사가 말했다. "하지만 그런 소리라면 거의 들리지 않을 텐데. 그런 소리는 여기서 들을 수 없다고."

올빼미가 말했다. "죄송하지만, 전 들을 수 있어요. 문 저쪽에서 누군가가 호주머니에 손을 넣는 소리가 들린다고요. 조금만 움직여도 소리가 나요. 귀가 아주 예민해야 들리겠지만 말이에요. 박쥐들은 두더지가 땅속 굴을 파는 소리도 들을 수 있어요. 겨우 그 정도로 자기들 귀가 아주 밝은 줄 착각하고 있지만요. 하지만 우

"쉿! 들어 봐! 저 안에 누군가가 있는 것 같아."

리 올빼미들은 한쪽 귀만 쓰고도 어둠 속에서 눈을 깜빡이는 고양이가 무슨 색인지 알아맞힐 수 있어요."

박사가 말했다. "흠… 놀랍군. 아주 재미있어… 다시 들어 보고 안에 있는 사람이 뭘 하고 있는지 말해 주려무나."

올빼미가 말했다. "아직은 확실치 않아요. 남자인지 여자인지도 잘 모르겠구요. 날 들어 올려서 열쇠 구멍에 대고 소릴 들을 수 있게 해 주세요. 그럼 금방 알 수 있을 거예요."

그래서 박사는 문 열쇠 구멍 가까이 올빼미를 들어 올려 주었다.

잠시 후 투투가 말했다.

"남자가 지금은 왼쪽 손으로 얼굴을 비비고 있어요. 손도 작고 얼굴도 작아요. 어쩌면 여자일지도 모르겠어요. 아니… 남자가 이제 손을 이마에 가져다 댔어요. 이마 쪽 머리를 뒤로 넘기고 있어요. 남자가 맞아요."

박사가 말했다. "여자도 그렇게 할 때가 있어."

"맞아요." 올빼미가 말했다. "하지만 여자가 그러면 머리가 길어서 좀 다른 소리가 나요. 쉿! 저기 저 산만한 돼지 좀 가만히 있게 해요. 소리 좀 잘 듣게 모두들 잠깐만 숨을 참아 봐. 내가 지금 하고 있는 건 아주 어려운 일이라고. 이놈의 성가신 문은 왜 이렇게 두꺼운 거야! 쉿! 모두 꼼짝하지 말고 있어. 눈 감고 숨도 참으라고."

올빼미는 몸을 숙이고 다시 한참을 힘겹게 귀를 기울였다.

마침내 올빼미가 박사의 얼굴을 올려다보며 말했다.

"안에 있는 남자, 무슨 안 좋은 일이 있나 봐요. 흐느끼고 있어요. 엉엉 울지도, 훌쩍거리지도 않아요. 울음소리가 밖으로 새 나가지 않게 하려나 봐요. 하지만 난 들려요… 꽤 분명하게 들리네요. 소매에 눈물이 떨어지는 소리가요."

거브거브가 말했다. "물방울이 천장에서 남자 위로 떨어지는 소리일 수도 있잖아?"

"이런! 무식하기는!" 올빼미가 비웃었다. "천장에서 떨어지는 물방울 소리는 이보다 열 배는 더 크게 난다고!"

박사가 말했다. "흠, 안에 있는 사람이 슬퍼하고 있다니 어쨌든 안으로 들어가 무슨 일인지 알아봐야겠구나. 도끼 좀 찾아 보렴. 문을 부숴서라도 들어가야겠어."

# 바다의 소식통

도끼는 금방 찾을 수 있었다. 방 안을 들여다볼 수 있을 정도로 큰 구멍도 금방 뚫었다.

안이 너무 어두워서 처음에는 아무것도 보이지 않았다. 박사는 성냥에 불을 붙였다. 방은 크지 않았다. 창문도 없었고, 천장도 낮았다. 가구라고는 작은 의자 하나뿐이었다. 하지만 사방 벽을 따라 커다란 술통들이 죽 늘어서 있었는데, 배가 흔들려도 제멋대로 굴러다니지 못하게 아랫부분이 바닥에 고정되어 있었다. 술통 위로는 온갖 크기의 주석 잔이 나무못에 걸려 있었다. 방 안에는 술 냄새가 진동했다. 그리고 방 한가운데에는 여덟 살쯤 되어 보이는 작은 사내아이가 맨바닥에 앉아 있었다. 눈물을 펑펑 흘리면서 말이다.

지프가 작은 소리로 말했다. "이야, 해적들의 술창고로군."

거브거브가 말했다. "맞아, 럼주야, 냄새 때문에 어질어질한걸."

아이는 부서진 문에 난 구멍을 통해 남자와 온갖 동물들이 자기를 뚫어져라 쳐다보고 있는 걸 보고 좀 겁을 먹은 것 같아 보였다. 성냥 불빛 덕분에 둘리틀 박사의 얼굴이 보이자 아이는 울음을 그치고 자리에서 일어섰다.

"아저씨는 해적이 아니죠?" 아이가 물었다.

박사가 고개를 뒤로 젖히고 계속해서 큰 소리로 웃어 대자, 아이도 웃으며 다가와 박사의 손을 잡았다.

아이가 말했다. "아저씨는 웃는 모습이 친구 같아요. 해적은 아닌 것 같아요. 제 삼촌이 어디 있는지 아세요?"

박사가 말했다. "미안하지만, 모른단다. 삼촌을 마지막으로 본 게 언제지?"

아이가 말했다. "그저께요. 삼촌이랑 나랑 작은 배에서 낚시를 하고 있었는데, 해적들이 몰려와 우릴 붙잡았어요. 우리 고기잡이 배를 침몰시키고 우릴 이 배로 데리고 왔어요. 그런 다음 삼촌한테 자기들처럼 해적이 되라고 했어요. 왜냐하면 우리 삼촌은 날씨가 아무리 나빠도 배를 몰 수 있을 정도로 솜씨가 좋거든요. 하지만 삼촌은 해적이 되지 않겠다고 말했어요. 살인이나 도적질은 좋은 어부가 할 일이 아니라면서요. 두목 벤 알리는 화가 많이 나서 이를 부득부득 갈며 자기들 말대로 하지 않으면 삼촌을 바다에 던져 버리겠다고 했어요. 그러고는 날 아래층으로 끌고 왔어요. 그런데 위에서 싸우는 소리가 들렸어요. 그다음 날 해적들이 절 다시 위로 데리고 갔는데, 아무 데도 삼촌이 보이지 않았어요. 삼촌은 어디 있냐고 물었지만 해적들은 대답해 주지 않았어요. 삼촌을 바다에 던져 죽게 했을까 봐 엄청 겁나요."

아이는 다시 울기 시작했다.

박사가 말했다. "흠… 잠깐만 기다리렴. 울지 말고. 식당에 가서 차 좀 마시면서 더 이야기해 보자꾸나. 삼촌은 무사할지도 몰라. 삼촌이 빠져 죽었다는 증거도 없잖아, 그렇지 않니? 아직은 가망이 있어. 어쩌면 우리가 삼촌을 찾아 줄 수 있을지도 모르고. 올라가서 차를 마시자꾸나. 딸기잼도 곁들여서. 그런 다음 뭘 해야 할지 생각해 보기로 하자."

사연이 뭔지 궁금했던 동물들도 모두 둘러서서 아이의 말에 귀를 기울였다. 그들이 배의 식당으로 올라가서 차를 마시고 있을 때, 대브대브가 박사의 의자 뒤로 와서 작은 소리로 말했다.

"아이의 삼촌이 죽었는지 살았는지 돌고래들한테 물어보면 어떨까요? 돌고래들이라면 알 거예요."

"그래." 잼 바른 빵을 하나 더 집어 들면서 박사가 말했다.

그러자 소년이 물었다. "아저씨는 왜 혀로 그렇게 웃기고 괴상한 소리를 내요?"

박사가 대답했다. "응, 난 오리 말을 몇 마디 할 수 있단다. 얘는 대브대브야."

소년이 말했다. "오리가 말할 수 있다는 건 처음 알았어요. 다른 동물들도 다 말을 할 수 있는 건가요? 그런데 머리가 둘 달린 이 이상한 동물은 뭐예요?"

박사가 작은 소리로 말했다. "얘는 푸시미풀류란다. 지금 우리가 자기 얘기를 말하고 있는 걸 알게 하면 안 돼. 수줍음이 정말 많거든. 그런데 저 작은 방에는 대체 어떻게 갇히게 된 건지 말해 줄 수 있겠니?"

아이가 대답했다. "해적들이 다른 배에 도적질을 하러 가면서 날 저기에 가뒀어요. 그래서 문을 부수는 소리가 났을 때 누가 들어올지 몰랐던 거예요. 그게 아저씨여서 정말 기뻤어요. 삼촌을 찾을 수 있을 것 같나요?"

박사가 말했다. "흠, 있는 힘껏 찾아 보마. 그런데 너희 삼촌은 어떻게 생겼니?"

소년이 대답했다. "머리카락은 붉어요. 아주 아주 붉어요. 그리고 팔에 닻 모양 문신이 있어요. 삼촌은 아주 힘이 세고 남대서양 최고의 뱃사람이에요. 삼촌 배 이름은 '건방진 샐리'구요. 세로돛이 달린 돛대 하나짜리 작은 슬루프예요."

"슬루프란 배도 있어?" 거브거브가 지프를 돌아보며 속삭이듯이 말했다.

지프가 말했다. "쉿! 삼촌의 배가 그런 종류였대잖아. 조용히 좀 해 줄래?"

거브거브가 말했다. "그런 거야? 난 뭐, 마실 것인 줄 알았잖아."

박사는 아이를 식당에서 동물들과 놀게 하고 위층 갑판으로 나가 혹시 지나가는 돌고래가 있나 찾아 보았다.

얼마 안 있어, 돌고래 떼가 파도를 헤치고 춤을 추며 다가왔다. 브라질로 가는 중이었다.

돌고래들은 난간에 기대서 있는 박사를 보고는 인사를 하려고 배 가까이 다가왔다.

박사는 돌고래들에게 머리카락이 붉고 팔에 닻 모양 문신이 있는 남자를 본 적이 있는지 물어보았다.

돌고래들이 물었다. "건방진 샐리의 선장을 말하는 건가요?"

박사가 대답했다. "그래요. 바로 그 사람이에요. 혹시 물에 빠져 죽었나요?"

돌고래들이 말했다. "그 사람의 슬루프 어선은 가라앉았어요. 그 배가 바다 밑에 가라앉아 있는 걸 본 적이 있어요. 하지만 그 안에는 아무도 없었어요. 우리가 가서 살펴봤거든요."

박사가 말했다. "이 배에 그 사람 조카가 나와 함께 있는데, 해적들이 자기 삼촌을 바다에 던져 버렸을까 봐 걱정을 많이 하고 있어요. 부탁인데, 그 사람이 바다에 빠져 죽었는지 아니면 살아 있는지 좀 알아봐 줄래요?"

돌고래들이 말했다. "아니요. 그 사람은 바다에 빠지지 않았어요. 그랬다면 심해에 사는 갑각류들이 소식을 전해 줬을 거예요. 우리는 바다 소식은 뭐든 다 알고 있거든요. 조개류가 우릴 '바다의 소식통'이라고 부를 정도죠. 삼촌이 어디 있는지 모르지만 바다에 빠져 죽지 않은 건 거의 확실하다고 전해 줘요."

박사가 아래층으로 내려가 삼촌의 소식을 전하자 아이는 손뼉을 치며 좋아했다. 푸시미풀류는 아이를 등에 태워 식당 탁자 주위를 빙빙 돌았다. 나머지 동물들은 마치 군악대라도 된 듯 뒤를 졸졸 따라다니며 숟가락으로 그릇 뚜껑을 두들겨 댔다.

# 냄새

"이제 삼촌은 반드시 찾을 수 있을 거야." 박사가 말했다 "삼촌이 바다에 던져진 게 아니란 걸 알았으니…"

그때 대브대브가 박사에게 다시 다가와 이번에도 작은 소리로 말했다.

"삼촌을 찾아 달라고 독수리들에게 부탁해 봐요. 독수리보다 눈이 좋은 동물은 아무도 없으니까요. 독수리들은 몇 킬로미터나 되는 높은 하늘에서도 개미가 기어 다니는 것까지 볼 수 있대요. 독수리들한테 부탁해 봐요."

박사는 독수리를 찾는 일을 제비에게 맡겼다.

한 시간쯤 지났을 때, 제비가 여섯 종류나 되는 독수리들을 데리고 돌아왔다. 검은독수리, 흰머리수리, 물수리, 검독수리, 대머리수리, 흰꼬리독수리였다. 독수리들은 아이 몸집의 두 배나 될 정도로 컸다. 독수리들이 배의 난간에 모여 앉아 있는 모습은 늠름한 병사들이 줄지어 서 있는 것 같았다. 꼼짝도 하지 않고, 근엄하고 단호한 자세로 말이다. 독수리들은 커다란 검은 눈을 번뜩이며 사방을 노려보았다.

거브거브는 겁이 나서 나무통 뒤로 숨었다. 거브거브는 독수리들의 무시무시한 눈이 마치 자기가 점심 때 몰래 뭘 먹었다는 것까지 훤히 꿰뚫어보고 있는 것 같다고 말했다.

박사가 독수리들에게 말했다.

"남자 한 사람이 사라졌습니다. 머리카락이 붉은색이고 팔에 닻 모양 문신이 있는 어부입니다. 혹시 우리를 위해 그 사람을 찾아 줄 수 있습니까? 이 아이가 그 남자의 조카입니다."

독수리들은 원래 말이 많지 않았다. 독수리들은 쉰 목소리로 이렇게만 말했다.

"최선은 다해 보겠다고 약속합니다. 존 둘리틀 씨를 위해서라면."

독수리들이 날아가자 거브거브는 나무통 뒤에서 나와 그들이 떠나는 모습을 보았다. 그들은 위로, 위로 날아올랐다. 높이, 높이, 점점 더 높이. 독수리들은 넓디넓은 푸른 하늘에 뿌려진 검은 모래 알갱이들처럼 동서남북 사방으로 흩어져 나갔다.

"엄청난걸!" 거브거브가 감탄사를 내뱉었다. "정말 높다! 저러다 깃털이 죄다 타 버리는 거 아냐. 해 있는 데까지 가겠는걸!"

독수리들은 한참 동안 돌아오지 않았다. 그들은 밤이 거의 다 되어서야 돌아왔다.

독수리들이 박사에게 말했다.

"모든 바다, 모든 나라, 모든 섬. 모든 도시, 모든 마을… 세계의 절반쯤은 찾아본 것 같습니다. 하지만 실패했습니다. 지브롤터의 큰길에 있는 빵집 앞 외바퀴 손수레에 붉은 머리카락 세 가닥이 붙어 있는 건 봤지만 사람의 것은 아니었습니다. 모피 코트에서 떨어진 거였어요. 육지에서도, 바다에서도 이 아이 삼촌의 흔적을 찾을 수 없었습니다. 우리가 그 남자를 찾을 수 없다면, 누구도 찾을 수 없을 겁니다. 박사님을 위해서 최선을 다했습니다."

그런 다음 독수리 여섯 마리는 날개를 펄럭이며 산과 바위에 있는 각자의 집으로 돌아갔다.

"흠." 그들이 떠난 후 대브대브가 말했다. "이젠 어떻게 하죠? 아이의 삼촌을 꼭 찾아야 할 텐데 말이에요. 혼자서 지구 곳곳을 찾아 나서기엔 저 아이는 너무 어려요. 아이들은 오리 새끼들하고는 다른데… 어느 정도 나이가 들 때까지는 돌봐 줘야 해요. 치치가 여기 있었다면 좋았을 텐데. 치치라면 금방 찾을 수 있었을 거예요. 내 좋은 친구 치치! 잘 지내고 있으려나!"

그러자 흰쥐가 말했다. "폴리네시아가 있었으면 어떻게든 방법을 생각해 냈을 거야. 폴리네시아가 우릴 감옥에서 구해 준 건 너희도 기억하고 있지? 그것도 두 번이나. 정말 무지무지 영리한 앵무새였어."

"난 독수리 친구들이 그다지 영리하지는 않다고 생각해." 지프가 말했다. "재들은 잘난 체만 한다고. 눈이 무지 좋은 건 사실일지 모르지만, 박사님이 찾아 달라고 부탁한 사람도 결국 못 찾았잖아. 게다가 돌아와서 한다는 말이 자기들 말고는 아무도 찾을 수 없을 거라니. 그냥 잘난 체한 거라고. 퍼들비에 있는 콜리처럼 말이야. 내 생각에는 수다쟁이 돌고래들도 마찬가지야. 녀석들이 해 준 말이라고는 고작해야 삼촌이 바다에 없었다는 것뿐이잖아. 우리가 알고 싶은 건 삼촌이 어디에 없는가가 아니라 어디에 있는가인데 말이야."

"이봐, 그만 궁시렁거려." 거브거브가 말했다. "말은 쉽지. 하지만 사람을 찾는 게 그렇게 쉬운 일이 아니야. 네가 전 세계를 돌며 한번 찾아 보라구. 어쩌면 삼촌은 조카 걱정에 머리가 하얗게 변해 버렸을지도 몰라. 그래서 독수리들이 찾지 못한 것일 수도 있고. 네가 아는 게 다가 아냐. 넌 지금 입만 나불대고 있잖아. 도움되는 일은 한 개도 안 하면서 말이야. 넌 결코 독수리보다 아이 삼촌을 더 잘 찾을 수 없다고… 독수리들만큼 할 수도 없으면서 말만 많아."

"내가 못 한다고?" 지프가 말했다. "이 베이컨 구이 같은 녀석이 잘 알지도 못하면서! 난 아직 시작도 하지 않은 거라고, 알아? 두고 봐!"

그런 다음 박사에게 가서 말했다.

"호주머니 안에 혹시 삼촌 물건이 있는지 아이에게 물어봐 주

"이 베이컨 구이 같은 녀석이!"

세요."

박사가 아이에게 물어보았다. 아이는 손가락에 끼기에는 너무 커서 실에 달아 목에 걸고 있던 금반지 하나를 보여 주었다. 해적이 오고 있을 때 삼촌이 준 거라고 했다.

지프가 반지의 냄새를 맡아 보더니 말했다.

"이걸로는 안 되겠어요. 또 다른 건 없는지 물어봐 주세요."

그러자 아이는 호주머니에서 빨갛고 큰 손수건 하나를 꺼낸 다음 말했다. "이것도 삼촌 거예요."

아이가 손수건을 꺼내자마자 지프가 외쳤다.

"코담배야. 분명해요! 싸구려 코담배라고요. 냄새나죠? 아이 삼촌이 코담배를 피웠던 거예요. 박사님, 아이한테 물어봐 주세요."

박사가 다시 아이에게 물었다. 아이가 말했다. "맞아요. 삼촌은 코담배를 많이 피웠어요."

"좋아!" 지프가 말했다. "이젠 거의 찾은 거나 다름없어. 고양이가 부엌에서 우유를 훔치는 것만큼이나 쉬운 일이야. 일주일 안에 내가 삼촌을 찾아 준다고 아이한테 말해 주세요. 이제 위로 올라가서 바람이 어느 쪽으로 부는지 보도록 해요."

"하지만 이미 어두워졌는걸." 박사가 말했다. "깜깜하면 찾을 수 없잖아!"

"싸구려 코담배를 피우는 남자를 찾는 데 굳이 밝을 필요까지는 없어요." 지프는 그렇게 말하고 계단을 올라갔다. "실이나 뜨거운 물처럼 냄새 맡기 어려운 거라면 모르겠지만… 코담배라고요! 츠츠!"

"뜨거운 물에서도 냄새가 나니?" 박사가 물었다.

"물론이죠." 지프가 말했다. "뜨거운 물 냄새는 차가운 물 냄새하고는 아주 달라요. 따뜻한 물이나 얼음 같은 건 냄새 맡기가 어려워요. 한번은 어떤 남자가 면도할 때 쓴 뜨거운 물 냄새만 맡고 깜깜한 밤에 10킬로미터도 넘게 쫓아간 적도 있는걸요. 그 사람은 비누도 쓰지 않았어요. 아무튼 이제 바람이 부는 방향만 알면 돼요. 먼 거리에 있는 것의 냄새를 맡을 때는 바람이 아주 중요한 법이거든요. 바람이 너무 세게 불면 안 돼요. 그리고 똑바로 불어야 해요. 부드럽고, 일정하고, 촉촉한 산들바람이 최고예요. 이

건… 북풍이군요.”

지프는 뱃전으로 가 바람 냄새를 맡으며 중얼거리기 시작했다.

“콜타르 냄새, 스페인 양파 냄새, 등유 냄새, 젖은 비옷 냄새, 짓이긴 월계수 잎 냄새, 고무 타는 냄새, 레이스 커튼 빠는 냄새… 이런… 아니지… 말리려고 걸어 놓은 레이스 커튼이군. 여우 냄새… 100마리도 넘는걸… 새끼 여우야… 그리고…”

“이런 바람 하나로 그 모든 냄새를 정말 구별할 수 있다는 거니?” 박사가 물었다.

“물론이죠!” 지프가 말했다. “이건 냄새 맡기 쉬운 것들이에요. 냄새가 강하게 나거든요. 감기에 걸린 잡종 개라도 이 정도 냄새는 맡을 수 있어요. 잠시만요. 이제 냄새 맡기 힘든 것들을 알려줄게요. 더 까다로운 것들요.”

지프는 눈을 꼭 감고 코를 공중으로 쳐든 다음 입을 반쯤 벌리고 열심히 냄새를 맡았다.

지프는 한참 동안이나 아무 말도 하지 않았다. 돌처럼 꼼짝도 하지 않았다. 숨도 쉬지 않는 것 같아 보였다. 그러다 드디어 말하기 시작했다. 마치 꿈속에서 구슬피 노래라도 부르는 것처럼 말이다.

“벽돌…” 지프는 아주 나지막한 소리로 말했다. “오래된 노란 벽돌, 오래되어 허물어져 가는 정원 담장의… 산골 시냇가에 서 있는 어린 소들이 내뿜는 달콤한 숨결, 한낮의 햇살을 받고 있는 비둘기장의 함석지붕… 아니 어쩌면 곡물 창고의 지붕일지도…

호두나무 장 서랍에 든 검정색 아이 장갑, 먼지가 흩날리는 길의 단풍나무 아래 놓인 물통에서 물을 먹고 있는 말, 썩은 잎들 사이에서 이제 막 나오기 시작한 작은 버섯들 그리고… 그리고… 그리고."

"파스닙 냄새는?" 거브거브가 물었다.

지프가 말했다. "없어. 넌 온통 먹는 것 생각뿐이구나. 파스닙 냄새 같은 건 안 나. 그리고 코담배 냄새도 없어. 파이프 담배나 궐련 냄새는 많이 나는걸. 시가 냄새도 조금 나고. 하지만 코담배는 없어. 바람이 남풍으로 바뀔 때까지 기다려야 할 것 같아."

"그래, 바람 때문이겠지." 거브거브가 말했다. "지프 너 사기 치는 것 같은데. 바다 한복판에서 냄새 하나로 사람을 찾는다는 게 말이나 되냐구! 내가 말했잖아, 넌 못 한다고."

"이거 봐." 지프가 정말 화가 나서 말했다. "코 한번 물려 볼래? 박사님이 말려 줄 거라고 생각하면 오산이야. 까불려면 얼마든지 까불어 보라구!"

"싸움 그만두지 못해!" 박사가 말했다. "그만해! 사이좋게 지내고만 살아도 짧은 게 한평생이야. 지프, 그런 냄새들이 어디서 오는 거니?"

"데번하고 웨일스에서요. 주로 거기예요." 지프가 말했다. "바람이 그쪽에서 불어오고 있으니까요."

"흠!" 박사가 말했다. "놀랍구나. 정말 놀라워… 새로 쓸 책을 위해 좀 적어 둬야겠어. 네가 가르쳐 주면 나도 너만큼 냄새를 맡을 수 있을까? 아니지… 이대로가 더 낫겠어. 만족할 줄 아는 사람이 부자라는 말도 있으니. 저녁 먹으러 내려가자. 배가 꽤 고프네."

"저도 배고파요." 거브거브가 말했다.

# 바위

다음 날 아침에는 다들 일찍 일어났다. 간밤에 덮고 잔 비단 이불에서 나와 갑판 위로 올라가 보니 태양이 밝게 빛나고 있었고, 바람은 남쪽에서 불어오고 있었다.

지프는 한 시간 반 동안이나 남풍의 냄새를 맡았다. 그러더니 박사에게 가서 고개를 절레절레 흔들며 말했다.

"아직도 냄새가 안 나요." 지프가 말했다. "동풍으로 바뀔 때까지 기다려야겠어요."

하지만 오후 세 시쯤 되어 바람이 동풍으로 바뀌었는데도 지프는 코담배 냄새를 맡지 못했다.

너무 실망한 나머지 아이는 아무도 삼촌을 찾아 줄 것 같지 않다며 또다시 울기 시작했다. 그러자 지프가 박사에게 말했다.

"박사님, 내가 해냈어요!"

"바람이 서풍으로 바뀌면 내가 반드시 삼촌을 찾아 준다고 아이에게 말해 주세요. 삼촌이 싸구려 코담배를 피우기만 한다면, 설사 중국에 있다고 해도 찾을 수 있다구요."

그런데 바람은 사흘이 더 지나서야 서풍으로 바뀌었다. 금요일 아침이었다. 이른 아침 해가 막 뜰 무렵, 비를 머금은 옅은 안개가 바다에 내려앉아 있었다. 바람은 부드럽고 따뜻하고 촉촉했다.

지프는 잠에서 깨자마자 갑판으로 달려 올라가 코를 내밀고 킁킁거리며 공기 냄새를 맡았다. 그러다 갑자기 흥분해서는 다시 아래로 내려와 박사를 깨웠다.

"박사님!" 지프가 소리쳤다. "내가 해냈어요! 박사님! 박사님! 일어나세요! 내 말 좀 들어 봐요! 내가 해냈다니까요! 바람이 서풍으로 바뀌니까 코담배 냄새만 나요. 얼른 위로 올라가 배를 출발시켜요. 얼른요!"

박사는 잠자리를 박차고 일어나 키를 잡으러 갔다.

지프가 말했다. "전 앞쪽에 가 있을 테니, 제 코를 보세요. 제 코가 가리키는 방향을요. 제 코 방향하고 똑같이 배를 모세요. 삼촌은 멀리 있지 않은 것 같아요. 냄새가 진해요. 게다가 바람도 부드럽고 축축해요. 자, 절 보세요!"

지프는 아침 내내 뱃머리에 서서 킁킁 바람 냄새를 맡으며, 배가 갈 방향을 박사에게 알려 주었다. 다른 동물들과 아이는 주위에 둥글게 모여 신기해하며 눈을 휘둥그레 뜨고 지프를 지켜보았다.

점심을 먹을 때쯤 되었을 때 지프가 대브대브에게 박사를 모셔 와 달라고 말했다. 걱정거리가 생겨서 박사와 이야기를 하고 싶다는 거였다. 그래서 대브대브가 배 반대쪽에 있는 박사를 데려왔다. 지프가 박사에게 말했다.

"아이 삼촌이 굶어 죽기 일보 직전이에요. 배를 최대한 빨리 몰아야 해요."

"삼촌이 굶어 죽어 가고 있다는 건 어떻게 알지?" 박사가 물었다.

"왜냐하면 서풍에서 코담배 말고는 아무 냄새도 나지 않기 때문이에요." 지프가 말했다. "만약 뭔가를 요리하고 있거나 먹고 있다면 그 냄새도 나야 하거든요. 그런데 마실 수 있는 신선한 물 냄새조차 나지 않아요. 코담배밖에 없나 봐요. 냄새가 심하게 나요. 냄새가 점점 진해지는 걸 보니 남자한테 점점 더 가까워지고 있나 봐요. 하지만 최대한 빨리 가야 해요. 제 생각에는 그 남자가 굶어 죽어 가고 있는 게 확실한 것 같아요."

"알겠다." 박사가 말했다. 박사는 지난번 해적들에게 쫓길 때처럼 이번에도 배를 끌어 달라고 부탁하기 위해 대브대브를 제비들에게 보냈다.

용감한 제비들이 날아와서 다시 한 번 배를 끌었다.

그러자 배가 무시무시한 속도로 파도를 가르며 앞으로 나갔다. 어찌나 빨리 갔던지 바닷속 물고기들이 치어 죽지 않으려고 급히 피해 가야 할 정도였다.

동물들은 모두 엄청나게 흥분했다. 그들은 지프에게서 눈을 떼고 뱃전에서 열심히 바다를 살폈다. 굶어 죽어 가는 삼촌이 있을 지도 모를 육지나 섬을 찾기 위해서 말이다.

하지만 한 시간 또 한 시간, 그렇게 시간이 자꾸 흘러가는데도 배는 여전히 아무것도 보이지 않는 바다 위를 가고 있었다. 섬이라고는 하나도 보이지 않았다.

동물들은 이제 말없이 둘러앉아 근심과 실망감에 빠졌다. 아이의 슬픔도 더 커져 갔다. 그리고 지프의 얼굴에도 불안한 기색이 역력했다.

그러다 저녁이 되어 해가 막 지려고 할 때, 돛대 꼭대기에 앉아 있던 올빼미 투투가 갑자기 힘껏 고함을 치는 바람에 모두들 깜짝 놀랐다.

"지프! 지프! 우리 앞에 엄청나게 큰 바위가 보여! 봐! 하늘하고 물이 만나는 저기에 말이야. 바위가 햇빛을 받아 빛나고 있어. 금빛으로! 냄새가 저기서 오는 거지?"

그러자 지프가 대답했다.

"맞아. 저기야. 삼촌이 있는 곳이 저기라고. 드디어, 드디어 찾았어!"

더 가까이 가자 아주 커다란 바위가 보였다. 넓은 들판만큼이나 큰 바위였다. 그런데 나무가 한 그루도 없었다. 풀도 없었고, 아무것도 없었다. 그 거대한 바위는 마치 거북이 등처럼 매끈하고 헐벗은 상태였다.

박사는 배를 몰고 바위 둘레를 한 바퀴 돌아보았다. 하지만 사람이 있을 만한 곳은 아무 데도 없었다. 모든 동물이 눈에 불을 켜고 열심히 찾아 보았다. 박사는 아래층에서 망원경까지 가져왔다.

하지만 살아 있는 거라고는 단 하나도 보이지 않았다. 갈매기도, 불가사리도, 심지어는 해초 쪼가리 하나도 없었다.

모두들 혹시 무슨 소리라도 들릴까 해서 귀를 쫑긋 세운 채 꼼짝 않고 서 있어 보기도 했다. 하지만 들리는 소리라고는 뱃전에 부딪히는 잔파도 소리뿐이었다.

모두가 동시에 외치기 시작했다. "누구 있어요? 거기 누구 있어요?" 목이 쉴 때까지 불렀다. 하지만 들리는 것이라곤 바위에 부딪혔다가 돌아오는 메아리밖에 없었다.

그때 아이가 울음을 터뜨리며 말했다.

"이제 더 이상 삼촌을 보지 못할 것 같아! 집에 가면 뭐라고 말해야 하지!"

그때 지프가 박사에게 외쳤다.

"삼촌은 분명 저기 있어요. 분명히 있다구요. 분명히! 냄새가 여기서 끝난다구요. 장담해요! 배를 바위 가까이 대서 날 내려 주세요."

박사는 배를 바위에 최대한 가까이 댄 후, 닻을 내렸다. 그리고 지프와 함께 바위에 내렸다.

지프는 곧장 바위 바닥에 코를 붙이고는 바위 구석구석을 찾아다녔다. 위로 갔다가 아래로 가기도 하고, 뒤로 갔다가 앞으로 가기도 하고, 지그재그로 가기도 하고, 구불구불 가기도 하고, 되돌아가기도 하고, 방향을 바꾸어 가 보기도 하고… 구석구석 다 뛰어다니며 찾아 보았다. 박사도 지프의 뒤를 쫓느라 숨이 턱까지 차오르고 말았다.

그러다 지프가 갑자기 커다란 소리로 짖더니 그 자리에 앉았다. 박사가 달려가 보니, 지프가 바위 한가운데에 난 깊고 커다란 구멍 하나를 뚫어져라 보고 있는 모습이 눈에 들어왔다.

"아이 삼촌이 저 아래에 있어요." 지프가 차분한 목소리로 말했다. "이랬으니 독수리들도 삼촌을 보지 못한 거예요! 개라면 찾았을 텐데."

그래서 박사는 구멍 아래로 내려갔다. 동굴, 아니 터널처럼 땅 밑으로 길게 뚫려 있는 구멍 속으로. 안으로 들어간 박사는 뒤따라오는 지프를 데리고 성냥불을 켠 채 어두운 굴을 따라 내려갔다.

성냥은 금방 꺼졌다. 그래서 계속해서 새것을 켜야 했다.

마침내 길이 끝났다. 바위 벽으로 둘러싸인 작은 방 같은 것이 나왔다.

그리고 그 방 가운데에 바로 그 빨간 머리 남자가 팔베개를 하고 잠이 든 채 누워 있었다!

지프가 뛰어가 그 사람 옆에 뒹굴고 있는 것의 냄새를 맡아 보았다. 박사도 멈춰 서서 그걸 주워 들었다. 그건 바로 싸구려 코담배가 가득 든 커다란 담뱃갑이었다!

# 어촌

조심조심, 아주 조심조심, 박사가 그 남자를 깨웠다.

바로 그때 성냥불이 또 꺼졌다. 남자는 벤 알리가 다시 온 거라 생각하고 어둠 속에서 박사에게 주먹을 날렸다.

하지만 둘리틀 박사가 자기가 누군지 말하고 조카를 배에 안전하게 데리고 있다고 말해 주자 남자는 무척 기뻐하며 박사를 때린 걸 사과했다. 하지만 박사는 별로 심하게 다치지 않았다. 너무 어두워 제대로 때릴 수조차 없었다. 남자는 박사에게 코담배 하나를 권했다.

남자는 해적이 되는 걸 거부하자 바르바리의 용이 자기를 이 바위에 내팽개치고 가 버린 이야기, 그리고 바위에 추위를 막을 곳이 없어서 이 구멍 안으로 들어와 잠을 자게 된 이야기를 해 주었다.

"먹지도, 마시지도 못하고 벌써 나흘째입니다. 이 코담배로 목숨을 부지해 왔죠."

"그것 봐요!" 지프가 말했다. "제가 뭐라고 했죠?"

그들은 다시 성냥불을 켜서 길을 찾으며 밝은 곳으로 나왔다. 박사는 수프라도 먹게 해야겠다는 생각에 서둘러 남자를 배로 데려왔다.

나머지 동물들과 아이는 박사와 지프가 붉은 머리 남자와 함께 배로 돌아오는 모습을 보고 환호성을 지르며 춤을 추면서 배 안을 휘젓고 돌아다녔다. 하늘을 날던 제비들도 목청껏 휘파람을 불어 댔다. 아이의 용감한 삼촌을 찾게 되어 자기들도 무척 기쁘다는 걸 표시하기 위해 수백만 마리나 되는 제비들이 말이다. 그 소리가 얼마나 컸던지 저 먼바다에 있던 어부들이 무시무시한 태풍이 몰려오고 있다고 착각할 정도였다. 어부들은 이렇게 말했다. "들어 봐, 동쪽에서 강풍이 불어오고 있어!"

지프는 스스로가 정말로 자랑스러웠다. 하지만 잘난 체하는 것처럼 보이지 않으려고 애썼다. 대브대브가 다가와 "지프, 네가 이렇게 영리한지 몰랐어!"라고 말했는데도 지프는 그저 고개를 저으며 대답했다.

"특별한 것도 아닌데 뭘. 하지만 사람을 찾으려면 개를 데리고 가야 한다는 것만은 알아 둬. 이런 일에 새는 상대도 안 된다구."

그때 박사가 붉은 머리 어부에게 고향이 어디냐고 물었다. 대답을 들은 박사는 제비들에게 앞장서 길 안내를 해 달라고 부탁했다.

남자가 말해 준 육지에 도착하자 바위산 기슭에 자리한 작은 어촌이 보였다. 남자는 자기가 살던 집을 가리켰다. 그러고 나서 닻을 내리고 있는데, 아이의 어머니가 바닷가로 뛰어와서는 아들과 동생을 보고 울다가 웃기를 반복했다. 아이의 어머니는 스무 날 동안이나 언덕에 앉아 바다를 보며 그들이 돌아오기를 기다리고 있었다고 한다. 아이 어머니가 박사에게 뽀뽀를 계속 해 주는 바람에 박사는 마치 여학생처럼 얼굴을 붉히며 겸연쩍게 웃었다. 아이 어머니는 지프에게도 뽀뽀를 해 주려 했다. 하지만 지프는 배 안으로 뛰어가 숨었다.

지프가 말했다. “바보 같은 일이야, 뽀뽀라니… 맘에 안 들어. 거브거브에게나 해 주라고 해. 뽀뽀 같은 걸 하려거든 말이야.”

어부와 어부의 누나는 박사가 서둘러 떠나는 것을 원치 않았다. 그들은 며칠만이라도 머물다 가라고 간청했다. 그래서 박사와 동물들은 토요일과 일요일 그리고 월요일 오전을 그들의 집에서 머물러야 했다.

한편 어촌의 아이들은 바닷가로 와서 그곳에 닻을 내리고 있는 커다란 배를 가리키며 소곤거렸다.

“봐! 해적 벤 알리, 7대양을 휘젓고 다니던 그 무시무시한 해적의 배래. 트레블리언 부인 집에 머물고 있는 저 긴 모자를 쓴 아저씨가 바르바리의 용한테서 이 배를 빼앗고, 바르바리의 용을 농

아이 어머니는 박사에게 계속 뽀뽀를 해 주었다.

부로 만들었대. 저 아저씨가 했다고 누가 믿겠어? 저렇게 점잖은 분인데… 저 커다랗고 빨간 돛 좀 봐! 진짜 사악해 보이지 않아? 엄청 빠르다며? 엄청!"

이틀 하고도 반나절 동안 작은 어촌에 머무는 내내 마을 사람들은 박사를 집으로 초대해 차며 점심이며 저녁을 대접하기도 하고 잔치를 열어 주기도 했다. 마을의 모든 숙녀가 박사에게 꽃다발과 사탕을 보냈다. 그리고 마을 악단은 박사가 있는 방 창문 앞에서 매일 밤 음악을 연주했다.

마침내 박사가 말했다.

"여러분, 이제 저는 집으로 돌아가야 합니다. 여러분 모두가 저희를 너무도 친절히 대해 주셨습니다. 늘 기억하겠습니다. 하지만 저는 고향으로 가야 해요. 그곳에서 해야 할 일이 있답니다."

박사가 막 떠나려고 할 때, 시장이 멋지게 차려입은 사람들과 함께 박사를 보러 왔다. 시장은 박사가 머물던 집 앞에서 발걸음을 멈췄다. 그러자 무슨 일인가 싶어 마을 사람 전부가 모여들어 구경했다.

아이들 여섯이 반짝이는 트럼펫을 불어 마을 사람들을 조용히 시켰다. 박사가 집 앞 계단에 나타나자 시장이 말했다.

"존 둘리틀 박사님, 바르바리의 용을 바다에서 쫓아내 주신 것에 대한 감사의 표시로 우리 마을 사람들이 마련한 작은 선물을 드리게 되어 대단히 영광스럽습니다."

시장은 주머니에서 종이에 싼 작은 꾸러미를 꺼낸 다음 열어서 박사에게 주었다. 그건 뒤쪽에 진짜 다이아몬드들이 박힌 정말로 멋진 시계였다.

그런 다음 시장은 주머니에서 또 뭔가를 꺼냈는데 전의 것보다 좀 더 큰 꾸러미였다.

"개는 어디 있습니까?"

모두들 지프를 찾기 시작했다. 마침내 대브대브가 마을 반대편에 있는 마구간에서 지프를 찾았는데, 거기서 온 마을의 개들이 다 지프 주위에 모여 말없이 감탄과 존경의 눈길을 보내고 있었다.

대브대브가 지프를 박사 옆으로 데려오자, 시장은 커다란 꾸러미를 풀었다. 안에 든 것은 순금으로 만든 개목걸이였다! 시장이 몸을 굽혀 손수 개의 목에 목걸이를 걸어 주자 마을 사람들 사이에서 감탄의 소리가 튀어나왔다. 목걸이에는 커다란 글자로 이렇게 적혀 있었다. "지프—세계에서 가장 영리한 개."

그러고 나서 마을 사람들 모두 박사를 배웅하러 바닷가로 갔다. 붉은 머리 어부와 그의 누나 그리고 아이는 몇 번이고 계속해서 고맙다는 말을 했다. 그리고 마침내 붉은 돛을 단 날쌘 배가 퍼들비를 향해 바다로 나갔다. 마을 악단이 바닷가에서 연주하는 소리를 들으며…

# 다시 집으로

3월의 바람이 왔다 갔다. 4월의 비도 그쳤다. 5월의 꽃도 봉오리를 터뜨렸다. 그리고 6월의 햇살이 들판을 기분 좋게 비출 때 존 둘리틀 박사가 마침내 고국에 도착했다.

하지만 아직 고향 퍼들비로 가지 못했다. 푸시미풀류를 집시 마차에 태워 전국을 돌며 온갖 축제 장소에 들러야 했다. 서커스단과 인형극 공연장 틈바구니에 이런 커다란 간판을 달았다.

"와서 보세요! 아프리카 정글에서 온 머리 둘 달린 놀라운 동물. 입장료 6펜스."

푸시미풀류는 마차 안에 있고, 다른 동물들은 마차 밑에 누워 있었다. 박사는 그 앞 의자에 앉아 입장하는 구경꾼들한테 웃는 얼굴로 6펜스씩을 받았다. 그리고 대브대브는 하루 종일 박사에

박사는 마차 앞 의자에 앉아 있었다.

지프는 정원을 미친 듯이 돌아다녔다.

게 잔소리를 하느라 바빴다. 감시의 눈을 떼기라도 하면 박사님은 아이들을 공짜로 입장시켜 주었기 때문이다.

동물원 사육사들이나 서커스 단장들이 박사에게 와서 엄청난 돈을 주겠다며 이 신기한 동물을 자기들에게 팔라고 했다. 하지만 박사는 언제나 손을 내저으며 말했다. "안 됩니다. 푸시미풀류는 절대로 우리 안에 가두어 둘 수 없습니다. 푸시미풀류도 나나 당신들처럼 자유롭게 다닐 수 있어야 합니다."

그들은 떠돌이 생활을 하는 동안 신기한 곳에도 들르고 재미있는 구경거리도 많이 보러 다녔다. 하지만 낯선 땅에서 엄청난 것들을 이미 보았기 때문에 모두 시시하게 느껴졌다. 서커스단을 따라다니는 일이 처음에는 아주 재미있었지만, 몇 주가 지나자 모두 끔찍하게 지루해져서 박사님이나 동물들 모두 집에 가고 싶은 마음뿐이었다.

그래도 엄청나게 많은 사람이 이 작은 마차로 몰려와 푸시미풀류를 보기 위해 돈을 낸 덕분에 얼마 안 있어 쇼를 더 이상 하지 않아도 괜찮게 되었다.

접시꽃이 활짝 핀 어느 화창한 날, 박사는 부자가 되어 퍼들비로 돌아와 넓은 정원이 딸린 작은 집에서 다시 살게 되었다.

마구간에 남아 있던 늙은 절름발이 말은 박사를 보자 무척 기뻐했다. 제비들도 이미 처마 밑에 둥지를 틀어 새끼를 낳고 박사님을 기다리고 있었다. 대브대브도 익숙한 집에 다시 돌아오게 되어 기뻤다. 물론 온통 거미줄이 쳐져 있고 먼지도 끔찍하게 쌓여 있기는 했지만 말이다.

지프는 이웃집의 건방진 콜리에게 자기가 받은 금목걸이를 자랑하러 나갔다. 그리고 곧 집으로 돌아와서는 오래전에 묻어 두었던 뼈다귀를 찾는다며 정원을 미친 듯이 돌아다녔다. 한편 거브거브는 정원 벽 구석에 거의 1미터나 자란 고추냉이를 파헤치고 있었다.

박사는 배를 빌려주었던 뱃사람을 만나 새 배 두 척을 사 주고, 그의 아기에게 고무 인형도 하나 선물로 주었다. 그리고 아프리카 갈 때 식량을 외상으로 준 식료품 가게 주인도 만나 감사의 말을 하고 외상값도 갚았다. 그런 다음 피아노를 한 대 사서 흰쥐들을 거기서 살게 했다. 흰쥐들이 옷장 서랍에 바람이 들어온다고 불평했기 때문이다.

그런데 옷장 위에 있는 낡은 저금통에 돈을 가득 채웠는데도 돈이 여전히 많이 남았다. 그래서 나머지 돈도 마저 넣기 위해 똑같은 크기의 저금통을 세 개 더 사야 했다.

박사가 말했다. "돈이란 건 성가신 거야. 하지만 걱정하지 않아도 된다는 건 좋은 일이지."

"맞아요. 정말 그래요." 차랑 함께 먹을 머핀을 굽고 있던 대브대브가 말했다.

다시 겨울이 찾아와 부엌 창문에 눈발이 날리면 박사와 동물들은 저녁을 먹은 후 따뜻한 난롯가에 모여 앉곤 했다. 박사는 자기 책들을 큰 소리로 읽어 주었다.

한편 저 멀리 아프리카에서는 원숭이들이 잠들기 전에 야자나무에 모여 크고 노란 달빛을 받으며 이런 말들을 주고받았다.

"그 훌륭한 분은 지금쯤 뭘 하고 계실까? 저 먼 곳, 백인들의 나라에서! 다시 이곳으로 돌아오실까?"

그러자 폴리네시아가 덩굴 사이에서 나와 말했다.

"오실 거야. 오시고말고. 오셨으면 좋겠어!"

진흙투성이 강에서 악어가 투덜거렸다.

"내가 장담해. 오신다고 오셔. 그러니 가서 잠들이나 자!"

둘리틀 박사 이야기(컬러판)

1판 1쇄 찍음 2019년 12월 5일
1판 1쇄 펴냄 2019년 12월 20일

**지은이** 휴 로프팅
**옮긴이** 장석봉

**주간** 김현숙 | **편집** 변효현, 김주희
**디자인** 이현정, 전미혜
**영업** 백국현, 정강석 | **관리** 오유나

**펴낸곳** 궁리출판 | **펴낸이** 이갑수

**등록** 1999년 3월 29일 제300-2004-162호
**주소** 10881 경기도 파주시 회동길 325-12
**전화** 031-955-9818 | **팩스** 031-955-9848
**홈페이지** www.kungree.com | **전자우편** kungree@kungree.com
**페이스북** /kungreepress | **트위터** @kungreepress



ISBN 978-89-5820-622-4 04840
978-89-5820-625-5 04840(세트)

값 12,000원